心之罪 克莉絲蒂一生非寫不可的六個愛的故事 6

Agatha Christie

玫瑰與紫杉

The Rose and the Yew Tree

阿嘉莎·克莉絲蒂 著　陳佾均 譯

遠流出版公司

名家如獲至寶推薦（依姓名筆畫排序）

吳念真 知名導演、作家

詹宏志 PChome Online 董事長

楊　照 知名作家／評論家／新匯流基金會董事長

蔡詩萍 知名作家、電視節目主持人

鍾文音 知名作家

| 目錄 |

名家推薦 ● 這不是導讀，也不是序，只是一點點閱讀的感觸 **吳念真** 7
● 「心理驚悚劇」的巨大實驗 **詹宏志** 11

名家導讀 ● 比克莉絲蒂更貼近克莉絲蒂 **楊照** 12
● 推理之外的六把情火，照向浮世男女 **鍾文音** 17

專文導讀 ● 還好，阿嘉莎．克莉絲蒂又寫了【心之罪】系列 **蔡詩萍** 23

序章 31
第一章 42
第二章 51
第三章 57
第四章 66
第五章 78
第六章 85
第七章 88

第八章 97
第九章 105
第十章 114
第十一章 128
第十二章 135
第十三章 145
第十四章 154
第十五章 159
第十六章 167
第十七章 176
第十八章 183
第十九章 190
第二十章 201
第二十一章 210
第二十二章 219
第二十三章 226
第二十四章 230

第二十五章 246
第二十六章 252
終章 258

特別收錄

● 瑪麗·魏斯麥珂特的祕密 **露莎琳·希克斯** 261

名家推薦

（依姓名筆畫排序）

這不是導讀，也不是序，只是一點點閱讀的感觸

——吳念真　知名導演、作家

阿嘉莎．克莉絲蒂的書迷遍及兩、三代數億的人口，而我承認自己只是其中極其平庸的一個。

平庸的證據之一是，每回出國前都不會忘記在隨身行李中塞進一、兩本她的書，但總要在飛機上或旅館中看完幾頁之後才猛然發現：搞什麼，這一本不是多年前就早已看過？

是，依稀看過，但結果是一路讀下來卻依舊樂趣無窮。內容大部分已然遺忘的，讀起來彷佛又是一本新書，內容記得的，則在翻閱書頁的過程中伴隨著起伏的記憶，總會難以避免地想起第一次讀到這個故事時的過往時日，以及當時的點點滴滴，一如

一首老歌在耳邊輕輕響起。

時光飛逝，眨眼間遠流出版公司推出克莉絲蒂的推理全集至今已將近十年，且不說在這之前已陸續讀過這位「謀殺天后」的人，即便對當時才開始接觸克莉絲蒂的讀者來說，想必也無法否認那一個一個的故事也已經都是老歌一首了。

記得推理全集出版的當年許多人都撰文推薦，包括金庸先生。他說：「閱讀她的小說，在謎底沒有揭露前，我會與作者鬥智，這種過程令人非常享受。」這是高手之言。然而對一個單純的讀者來說，詹宏志先生說得準確，令人會心，他說：「整個世界對聽這些故事如此熱情，他們捨不得睡覺，每天問後來還有嗎？還有嗎？永遠不肯離去。」

克莉絲蒂……還有嗎？你是否也曾這樣問過，一如全世界不同世代的許多讀者？

正如金庸先生曾說過的，克莉絲蒂的「佈局巧妙，使人完全意想不到！」她果然還有。

我們無法想像一九三〇年代當阿嘉莎．克莉絲蒂以一系列的推理小說開始扮演類似「《天方夜譚》故事中每天說故事說個不停的王妃薛斐拉柴德」（詹宏志先生的形容）這個角色的同時，她以「瑪麗．魏斯麥珂特」這個筆名在二十幾年中寫下【心之罪】這六部風格完全迥異的小說，並且隱瞞作者真實的身分長達十五年之久。

或許大家都熟悉某些對跨界作家的描述，比如「左手寫小說，右手寫散文」或者「右手寫評論，左手寫詩」，但請原諒，我實在無法對阿嘉莎．克莉絲蒂和瑪麗．魏斯麥珂特這樣的「分身創作」給予一個準確的形容。

總要在讀完瑪麗・魏斯麥珂特這六部小說之後，才約略可以想像：啊，如果阿嘉莎・克莉絲蒂是幕前亮麗的角色，那麼瑪麗・魏斯麥珂特彷彿才是落幕之後她真實的自己。

如果前者是以無比的才華用一個一個精彩的故事取悅自己、迷醉讀者的話，後者則是在離開掌聲和絢爛的燈光之後，冷靜而誠實地挖掘自己內心深處所累積的種種疑惑和祕密，以另一種形式故事跟讀者交心。

這些小說裡不但真實地呈現阿嘉莎・克莉絲蒂童年的記憶以及一次世界大戰中她個人的經歷，甚至自己不圓滿的婚姻以及對家庭、情感的質疑，都能在其中找到蛛絲馬跡。

❖

寫作最難的不是無中生有的虛構，而是最直接的自剖。

自剖對創作者來說有一首歌的歌名正是準確無比的形容：痛並快樂著。

一九四四年克莉絲蒂以瑪麗・魏斯麥珂特的筆名出版了《幸福假面》。她在自傳中是這樣描述這本書的：「……我寫了一部令自己完全滿意的書（請注意『自己』這兩個字）。……這本書我寫了整整三天……一氣呵成……我從未如此拚命過……我一個字都不想改，雖然我並不清楚書到底如何，但它卻字字誠懇，無一虛言，這是身為作者的至樂。」

看到這樣的描述當下熱淚盈眶，相較於她或許沒有資格定位自己為寫作者，但在某些文字形成的時刻裡，這樣的感覺……我完全都懂。

❖

你將讀到的是瑪麗・魏斯麥珂特——那個真實的阿嘉莎・克莉絲蒂——推心置腹的六部小說。

讀完之後也許你還是會問：還有嗎？

我似乎只能這樣回答你了：虛構可以無窮，真實的人生卻唯獨一回。

「心理驚悚劇」的巨大實驗

——詹宏志 PChome Online董事長

人生的彼此傷害並不限於掠奪與謀殺；人際間的誤解、嫉妒、傲慢、背叛、猜忌，甚至是個人野心或感情的挫折與心碎，也都足以構成暴烈的衝突。

英國「謀殺天后」阿嘉莎．克莉絲蒂當然是編構謀殺情節的高手，但她人情練達，洞悉世情，早就看出人心險峻不限於謀殺，光是家庭裡、情人間的心底波瀾就足以讓任何一個故事驚心動魄，讓你像讀謀殺故事一樣屏息以待，心情跟著七上八下。她在生前曾經以化名瑪麗．魏斯麥珂特寫出這系列堪稱「心理驚悚劇」的巨大實驗，如今這些書回歸阿嘉莎名下，重新出版，不讀它無法全面了解謀殺天后的全貌。

名家導讀
（依姓名筆畫排序）

比克莉絲蒂更貼近克莉絲蒂

——楊照　知名作家／評論家／新匯流基金會董事長

我們所熟悉的推理小說家阿嘉莎．克莉絲蒂曾經藏身在另外一個身分裡，寫了六部很不一樣的小說。

一九三〇年，出版克莉絲蒂推理小說的英國出版社，出版了一本名叫 *Giant's Bread* 的書（中譯《撒旦的情歌》），作者是 Mary Westmacott（瑪麗．魏斯麥珂特）。之後在一九三四年、一九四四年和一九四七年，這位魏斯麥珂特女士又出版了另外三本小說。再過兩年，一九四九年，一篇刊登在《泰晤士報》週日版的專欄公開宣告：瑪麗．魏斯麥珂特其實就是克莉絲蒂。克莉絲蒂沒有出面否認這項消息，也就等於承認了。之後，即使大家都已經知道魏斯麥珂特就是克莉絲蒂了，還是有兩本書以這個名字出版，一本在一九五二年，另一本在一九五六年。

為什麼克莉絲蒂要換另外一個名字寫小說？為什麼隱藏真實身分的用意破功了，她還是繼續以魏斯麥珂特的名字寫小說？

最簡單的答案：因為她要寫很不一樣的小說，所以要用不一樣的名字。藏在這個簡單答案底下有稍微複雜些的條件：

第一、因為克莉絲蒂寫的小說風格太鮮明也太成功，儘管到一九三〇年，她不過才累積了十年的小說資歷，卻已經吸引了許多忠實的讀者，在他們心目中，克莉絲蒂的名字就是精彩推理閱讀經驗的保障，克莉絲蒂和出版社都很了解這種狀況，他們不願意、不能冒險——如果讀者衝著克莉絲蒂的名字買了書，回家一看，從第一頁看到最後一頁，卻完全沒看到期待中的任何推理情節，他們將會如何反應？

第二、克莉絲蒂的創作力與創作衝動實在太旺盛了。十年之間，她寫了超過十本推理小說，平均每年至少一本；推理小說不比其他小說，需要有縝密的構思、規劃，照理講是很累人的。但這樣的進度卻沒有累倒克莉絲蒂，她還有餘力想要寫更多的小說，寫不一樣的小說。

如此旺盛的創作力與創作衝動從何而來？或許我們能夠在魏斯麥珂特寫的小說中得到些線索。

第一本以魏斯麥珂特名字發表的小說是《撒旦的情歌》。小說中的男主角在備受保護的環境中長大，自然地抱持著一種天真的人生態度。不過，接踵而來的大事：戰爭與婚姻，讓他迷惑失落了。和那一代的其他歐洲青年一樣，他原本對戰爭抱持著一種模糊而浪漫的想像，認為戰爭是打破時代停滯、提供英雄主義表現的舞台。但真實的戰爭，卻是無窮無盡不斷反覆、可怕殘酷的殺戮。

同樣地，真實的婚姻也和他的想像天差地別。婚姻本身無法創造和另一個人之間的親密關係，反而在日日相處中更突出了難以忍受、難以否認的疏離。

儘管他幸運地躲過了戰場上的致命傷害，可是家中卻接到了誤傳的他的死訊。他太太以為他死了，很快就改嫁。在憂鬱迷惑中，他遭遇了一場嚴重車禍，短時間內遺忘了自己究竟是誰。在失去身分的情況下度過一段時間後，他恢復了記憶，記起自己所有的不快樂，於是他決定乾脆放棄原本的人生，和過去切斷了關係，給自己一個新的名字，一份新的職業，變成了一個音樂家。

可以跟大家保證，整部小說裡沒有一點推理的成分。但如果我們對照這段時期中克莉絲蒂自身的遭遇，卻可以很有把握地推理出她寫這部小說的動機。

一九三〇年克莉絲蒂再婚，嫁給了在中東沙漠裡認識的考古探險家。邁向第二次婚姻的過程，想必給了克莉絲蒂足夠勇氣來面對自己失敗的第一次婚姻。她的第一次婚姻，在一九二六年，她三十六歲那年瓦解的。那一年，她母親去世，她必須去處理後事，並整理母親的遺物，她的丈夫卻無論如何不願意陪她同去。她的丈夫曾經參加過第一次世界大戰，是英國皇家空軍的飛行員。丈夫表示：戰場上的恐怖經歷，使得他徹底失去面對死亡傷痛的能力，他就是沒辦法跟她一起去。克莉絲蒂強撐著，孤單地回到童年的房子裡，孤單地忍受了房子裡再也不會有媽媽在的空洞與冷清。

然而，等到她從家鄉回來，等著她的卻是丈夫的表白：他愛上了別的女人，一定要和克莉絲蒂離婚。連番受挫的克莉絲蒂失蹤了十一天，被找到後她說她失去了記憶，忘記了自己是誰。她投宿飯店時，在登記簿上寫的，果然不是她自己的名字，而是丈夫的情婦的名字。

兩相對照，很明白吧！克莉絲蒂用小說的形式整理了自己的傷痛、婚姻的疏離與突然的離棄，另外她也明確給了自己一條生命的出路：換一個身分──當然不是換成丈夫愛上的情婦，而是換成一個創作者，創作出自己可以賴以寄託的作品來。

這樣高度自傳性的內容，無法寫成克莉絲蒂最拿手的推理小說，或者該說，如果添加了推理元素來寫成小說，那就無法保留具體經驗的切身性，為了這切身的感觸，克莉絲蒂非得把這些內容寫下來，即使必須另外換一個筆名，都非寫不可。

❖

以魏斯麥珂特為名發表的第二本小說，是《未完成的肖像》，裡面有著同樣濃厚、甚至更加濃厚的自傳意味，就連克莉絲蒂的第二任丈夫都提醒我們：閱讀這部小說，對我們了解克莉絲蒂會有很大的幫助。小說主角希莉亞內向、愛幻想而且性格依賴，和《撒旦的情歌》裡的男主角同樣在封閉、受保護的環境中長大。然後她長大、結婚、有了一個孩子、開始寫作，接著承受了巨大的心理創傷。小說裡的細節和克莉絲蒂自己的生平有些出入，但小說中描寫的感受與領會，卻比克莉絲蒂在《克莉絲蒂自傳》中所寫的，更立體、更鮮明也更確切。

還有一本魏斯麥珂特小說，應該也反映了克莉絲蒂的真實感情，那是《幸福假面》，一個中年女性被困在沙漠中，突然覺察到她的人生，她和自己、她和家人、她和世界的關係，豈不也受困了嗎？她不得不懷疑起丈夫、孩子究竟是如何看待她的，更重要的，她究竟如何看待自己，自己的生活又是什麼？

❖

這些小說，內在都藏了克莉絲蒂深厚的感情，在這裡我們看到的，不是推理小說中的那個聰明狡獪、能夠設計出種種巧計的克莉絲蒂，而是一個真實在人間行走、觀察、受挫、痛苦並且自我克服的克莉絲蒂。

弔詭地，叫做魏斯麥珂特的作者，比叫做克莉絲蒂的作者更接近真實的克莉絲蒂。換個方式說，寫推理小說時克莉絲蒂是個寫作者，設計並描寫其實並不存在的犯罪與推理情景，只有化身做魏斯麥珂特，她才碰觸自我——藏在小說後面探測並揭露自我的實況。

推理之外的六把情火，照向浮世男女

——鍾文音　知名作家

克莉絲蒂一生締造許多後人難以超越的「克莉絲蒂門檻」。八十六歲的長壽，加上勤寫不輟，一生發行了超過八十本小說與劇本。且由於多數作品圍繞著兩大人物，以至於克莉絲蒂的名字常與其筆下的「名偵探白羅」與「瑪波」掛在一起，猶如納博科夫創造「羅莉塔」，最後筆下的人物常超越了作者盛名，轉為流行語與代名詞。其作品《東方快車謀殺案》、《尼羅河謀殺案》、《捕鼠器》也因改編成影視與舞台劇，與作者同享盛名。

總之「阿嘉莎．克莉絲蒂」等同是推理小說的代名詞，那麼「瑪麗．魏斯麥珂特」呢？她是誰？

她是克莉絲蒂的另一個分身，另一道黯影，另一顆心，另一枝筆。

曾經克莉絲蒂想要從自我的繭掙脫而出，但掙脫過程中，她必須先和另一個寫推理的自我切割，好得以完成蛻變與進化；因而她用「瑪麗．魏斯麥珂特」這個筆名寫出推理之外的人生與愛情世界。妙的是，她寫的愛情小說卻也帶著推理邏輯，一個環套著另一個環，將人性的峰迴路轉不斷地如絲線般拉出，人物出場與事件的鋪陳往往在關鍵時刻留予讀者意想不到的結局，或者揭櫫了愛情的真相。把愛情寫得像推理劇，把推理劇寫得像愛情，箇中錯綜複雜、細節幽微往往是克莉絲蒂最擅長的筆功。

這六本愛情小說，克莉絲蒂，這位謀殺天后企圖謀殺的是什麼？愛情是一場又一場不見血的謀殺，愛情往往是殺死人心的最大元凶，愛情是生命風景裡最大的風暴，也是在際遇裡興風作浪的源頭。時間謀殺愛情，際遇謀殺愛情，悲愴謀殺愛情，失憶謀殺愛情……克莉絲蒂謀殺的是自己的心頭黯影，為的是揭開她真正的人生故事。

為何克莉絲蒂要用筆名寫出另一個「我」？從而寫出《未完成的肖像》、《愛的重量》、《幸福假面》、《母親的女兒》、《撒旦的情歌》、《玫瑰與紫杉》等六本環繞「情」的小說？光從書名就知道，書中情節洋溢著愛情的色彩與人生苦楚的存在探勘。處女座的她對寫作一絲不苟，有著嚴格認真的態度，同時這種秩序與理性也表現在語言的簡潔與簡約，不炫技的語言往往能夠很快進入敘事核心（此也是其能大眾化之故）。

我們回到克莉絲蒂寫這六本小說的處境與年代或許會更靠近她，這些小說陸續發表於一九三〇至五六年間，這漫長的二十六年裡，她經歷第二次世界大戰與自己的人生戰爭：喪母之慟、失憶事件、離婚之悲……接著是再婚，人生和其筆下的故事一樣高潮迭起。其中被視為克莉絲蒂半自傳小說的《未完成的肖像》，描述「希莉亞」為人妻與人母的心理恐懼黯影，有如女作家的真實再現，「她留下了她的故事以及她的恐懼——給我……我不知道她去了哪裡，甚至不知道她的姓名。」讀畢似曾相識卻又陷入迷惘的想不起來之感。

這六本小說的寫作結構雖具有克莉絲蒂的推理劇場元素，但其寫作語言卻回歸愛情的浪漫本身，詩語與意象的絕妙運用，出現在小說的開始與情節轉折處。可以讀出克莉絲蒂試圖想要擺脫只寫推理的局限，她費盡多年用另一枝筆想要擺脫廣大的閱讀群眾（金氏世界紀錄寫克莉絲蒂是人類史上最暢銷的作家）。至於寫得成不成功，我以為是另一件事，重點是她竟能用另一個筆名（另一種眼光）在當時揚起一場又一場愛情書寫的牛命大風。

故這套書系用的雖是筆名，可堪玩味的是故事文本指向的卻是真正的克莉絲蒂。誠如在《母親的女兒》裡她寫出了雙重雙身的隱喻：「莎拉過著一種生活。而她——安妮——過著另一種生活，屬於自己的生活。」

克莉絲蒂擅長描繪與解剖關係，在《愛的重量》裡寫出驚人的姊妹生死攸關之奇異情境，姊與妹彼此既是罪惡的負擔，也是喜悅的負擔，最後妹妹為姊姊的罪行付出了代價。在《母親的女兒》裡處理母女關係——母親因為女兒放棄了愛，但也開始憎恨女兒的奧妙心理。克莉絲蒂往往在故事底下埋藏著她的思維，各種關係的拆解與重組，夫妻、母女、姊妹、我……之心理描摹，絲絲入扣至引人深省。心之罪就像是「七宗罪」，藉此探討了占有、嫉妒、愛的本質、關係的質疑、際遇的無常性、不平等的處境、自我觀照、個體與他人……六本愛情小說也可說是六本精神分析小說。在克莉絲蒂寫實功力深厚的基礎下，步步布局，故有了和一般愛情浪漫小說不同的文本，不到最後關頭，不知愛情鹿死誰手，不知故事最後要謀殺分解愛情的哪一塊，貪嗔痴慢疑皆備。

克莉絲蒂筆下的愛情帶有自《簡愛》時代以來的女性浪漫與女子想要掙脫傳統以成為自我的敘事特質，但克莉絲蒂也許因為經歷外在世界的戰爭與自我人生的殘酷撕裂，故其愛情書讀來有時具有張愛玲的惘惘威脅之感，尤其是《未完成的肖像》裡的希莉亞，逐步帶引讀者走向無光之所在，乍然下恍如是曹七巧的幽魂再現。

❖

「要做個藝術家，就得要能不理全世界才行——要是很自覺別人在聽著你演奏，那就一定要把這當成是種刺激的動力。」《未完成的肖像》裡鋼琴老師對希莉亞的母親說的這麼一段話，是我認為克莉絲蒂的「內我」對藝術的宣告。作為一個大眾類型小說的作者，要「不理全世界」、要擺脫「別人」，這簡直是難上加難，莫怪乎她要有另一個舞台，好掙脫大眾眼光與推理小說的緊箍咒。

但克莉絲蒂畢竟還是以克莉絲蒂留名於世，她獲得大眾讀者的目光時，也悄悄地把真正的自己給謀殺了。於是她只好創造「瑪麗．魏斯麥珂特」來完成真正的自己。

也因此「瑪麗．魏斯麥珂特」才是真正的克莉絲蒂。而克莉絲蒂的盛名卻又謀殺了「瑪麗．魏斯麥珂特」。但最後兩個名字又巧妙地合而為一，因為為了辨識度，這六本小說往往是兩個名字並列，虛實合一。

她把自己的生命風暴與暗影寫出，也把愛情的各種樣貌層層推理出來。這六本愛情小說是她留給讀者有別於推理的愛情禁區與生命特區。克莉絲蒂寫作從不特別玩弄技巧，她僅僅以寫實這一基本功就將愛情難題置於推理美學中，將人生困境隱藏在羅曼史的浪漫外皮下，於今讀其小說可謂樸實而有味，反而不那麼羅曼史（甚至是藉羅曼史反羅曼史）。

其擺脫刻板的力道，源於克莉絲蒂在這套書系裡也一併藉著故事誠實處理了自己的內我故事，也因此故事不只是故事，故事這時具有了深刻性，故能如鏡地折射出不同讀者的內心。當一個女作家將「自我」擺入寫作的探照鏡時，往往具有再造自身的深刻力量。

在《母親的女兒》這本小說裡，克莉絲蒂結尾寫道：「多麼美好安靜……」女作家藉著小說人物看到什麼樣的心地風光與世界風景？

「神所賜的平安，非人所能理解……」

是寧靜。

是了解。

是心若滅亡罪亦亡。

種種體悟，故從房間的黑暗深處往外探視，黎明已然再現，曾有的烏雲在生命的上空散去。

女作家藉著書寫故事與自己和解。猶如克莉絲蒂所擅長寫的偵探小說，其寫作主要使用都是密室推理法，層層如洋蔥剝開內裡，往往要到結局才知誰是真凶。這回瑪麗先是企圖殺死克莉絲蒂，但反之被克莉絲蒂擒住，最後兩人雙雙握手言歡。

故事的字詞穿越女作家的私密心房，抵達了讀者的眼中，我們閱讀時該明白與珍視的是克莉絲蒂這樣坐擁大眾讀者的天后級人物，是如何艱難地從大眾目光裡回到自身，從而又從自身的黑暗世界裡再回到大眾。

我覺得此才是克莉絲蒂寫這套書的難度之所在。

她的這六本小說創造一個新的自己，她以無盡的懸念來勾引讀者的心，冷酷與溫暖的色調彼此交織，和其偵探小說一樣適合夜晚讀之，讀一本她的小說猶如走一趟驚險與華麗的浪漫愛情之旅。但閱讀的旅程結束，真正的力道才浮上來，那就是讀者應該掙脫故事情節的表層，從而進入女作家久遠以來從未離去的浪漫懷想之岸，屬於女作家的浪漫是知其不可而為之，即使現實往往險惡，即使愛情總是幻滅，即使有一天自己也會遠離大眾。

寫作是克莉絲蒂抵抗一切終歸無常的武器，而愛情則是克莉絲蒂永恆的浪漫造山運動，如靜靜悶燒的火焰，是老派的愛情（吻竟是戀人身體的極限書寫），這種老派愛情現在讀來竟是真正的相思定錨處，不輕易繳械自己的愛情，一旦繳械就陷入彼此生命而難以脫鉤。

克莉絲蒂筆下的相思燎原，六本小說猶如六把情火，火光撲天，照向浮世男女，各種世間情與人性頓時被她照得無所遁形呢。

專文導讀

還好，阿嘉莎・克莉絲蒂又寫了【心之罪】系列
——深感於《玫瑰與紫杉》的讀後情緒

——蔡詩萍　知名作家、電視節目主持人

對已然熟悉阿嘉莎・克莉絲蒂推理小說的廣大書迷來說，「克莉絲蒂」已經是無與倫比的巨大影像了，這形象決不至於再因為她嘗試其他的寫作企圖，而受到任何干擾。何況，在很長一段時間裡，阿嘉莎・克莉絲蒂與瑪麗・魏斯麥珂特，根本扯不上一點關聯，除非克莉絲蒂的書迷，有著超強的推理能力。

不過，從克莉絲蒂到魏斯麥珂特，這段有趣的文壇公案，若回到「寫作」這十分心思細密的領域之內去解碼，那麼阿嘉莎・克莉絲蒂與瑪麗・魏斯麥珂特，這兩位作家的合體，或分別出擊，便不是一件完全不可思議的事件了。甚至可以說，根本是一

位寫作者，對自己之所以要成為作家，必然會有的命定之旅。

對一位寫作者而言，「寫小說」這件事——我是指，不囿限於某種類型寫作的一般意義下的小說——顯然還是存在著特殊意義的「召喚」。如果，你有機會讀到克莉絲蒂另以筆名瑪麗．魏斯麥珂特（Mary Westmacott）所發表的【心之罪】系列六本小說，那你就會明白克莉絲蒂何以不甘心僅以身為推理小說的天后為滿足，而要在長期大量的推理創作之餘，還抽出時間完成這六本碰觸「愛情與人性」這樣細緻而幽微的小說了。

只因為，當一位作家，唯有在「不被劃定」她／他的寫作定位時，方有絕大的自由與空間，去完成她／他的寫作使命感。這當然是一種命定為小說家的召喚，如上帝對信徒的召喚。

寫推理小說，並非不能在書寫中傳遞作者的生命觀、世界觀之類的人生價值，我們只要看日本作家村上春樹推薦影響他的三本小說（杜斯妥也夫斯基的《罪與罰》、費茲傑羅的《大亨小傳》、瑞蒙．錢德勒的《漫長的告別》），其中就有一本傑出的推理小說作品《漫長的告別》，即可知在傑出的小說家眼裡，好作品是可以不分類型的。有趣的是，即便《罪與罰》與《大亨小傳》，兩本小說中又何嘗沒有涉及謀殺、感情糾結、出人意表的情節轉換與推理興味呢？好的小說家無論寫怎樣類型的小說，照樣都能出入類型範疇之間，從容而自得。

然而一旦寫推理小說，且寫到成為受廣大讀者摯愛的推理小說家，其內在必然有著一種惶恐：再寫下去，除了要繼續滿足讀者的期待外，「我」作為一位深刻自我期待的作家，還能完成小說寫作的召喚嗎？這召喚，是為我置身的時代、置身的角色，用小說去解釋、去批判、去完成我想述說的論述嗎？

阿嘉莎・克莉絲蒂顯然在書寫一系列的推理小說時，心中一直盤旋著這樣的小說家念頭。於是，她心有所感的，在她那個即將劇烈轉型的時代裡，用【心之罪】系列，面對了她的疑惑，陳述了她的見解。

❖

列入【心之罪】系列中的《玫瑰與紫杉》，具體而微地呈現了阿嘉莎・克莉絲蒂的小說企圖：永恆的存在議題，諸如愛情、自我實踐、生命意義等，放在不同的時代環境裡，放在不同出身背景的人身上，到底會摩擦出怎樣的火花呢？人性，這麼一個複雜而幽微的本質，究竟有無善惡、正邪之別呢？在愛情的國度裡，究竟是男人與女人的戰爭，抑或根本是「單純」與「複雜」的纏鬥呢？這些對立的理念，在實際衝撞中遭遇時，到底哪種力量才是愛情（或生命）的主宰者呢？

阿嘉莎・克莉絲蒂在《玫瑰與紫杉》中，透顯了兩種價值觀，一是「永恆」與時間長短無關，而是在當下的對的抉擇；二是「簡單的信念」，往往決定了人生的勝負與榮辱。這兩種價值觀，又常見於女性的特質上，與女性意識緊密連帶在一起。於是乎，從這個角度審視阿嘉莎・克莉絲蒂，我們甚至可以大膽的說，她是一位女性主義者。書中女主角，伊莎貝拉，一位聰穎十足，有實力有機會念到牛津大學女子學院卻刻意逃避，而外表則嫻靜到讓人懷疑她智商的年輕女孩，則真正是阿嘉莎・克莉絲蒂要突顯的女性代表。

在《玫瑰與紫杉》中，克莉絲蒂正面迎向了二戰即將結束，保守黨要輸掉政權，工黨趁時崛起的新時代，那是大英帝國行將解體，社會主義思潮席捲世界的年代，包括人的價值、國家社會存在的目的，都要被徹底重估的轉型階段，她以虛構的聖廬城堡，保守黨地盤的一場國會議員選舉為場景，讓一段錯綜複雜的愛情發生於其中，讓小說裡的敘述者修．諾瑞斯，一位因飽含同情心而墜入情網，卻車禍成殘的年輕男子，一一評價著在他眼中入鏡、出鏡的男男女女。

最值得注意的，有兩組四人，一組是躺在床上的修．諾瑞斯，以及照顧他的嫂子，聰明慧黠的泰瑞莎，這一組男女，都具有洞察世事、剖析人性的能力，不過，顯然泰瑞莎又比諾瑞斯多了幾分冷靜與清晰，這使得泰瑞莎屢屢提點了諾瑞斯如何重新理解他所看到的人與事。另一組則為出身寒微，力爭上游想出人頭地的保守黨議員提名人，大戰英雄約翰．蓋布利爾少校，他心機深沉，投入大家都料想不到的保守黨陣營，希冀一戰成名（事實上，他也贏得選戰），可是出身寒微的他，始終不能擺脫英國保守貴族對他的輕視，同樣，他也不能忘卻他對保守遺緒的痛恨，這樣的複雜情緒，終於使得伊莎貝拉，那位聰穎然冷靜異常的女子，徹底打敗了他。

這是一本敘述流暢，意旨非常豐富的小說，阿嘉莎的推理技巧，依然流佈全書，時時提醒讀者她的推理功力。阿嘉莎則在這本小說裡，描摹了她對時代巨變下，一個人，或成新時代產物，或屬舊時代悲劇，既是命定，亦是抉擇的判斷；但人性的某種高貴面，則不分新舊，值得昂揚。

看過阿嘉莎．克莉絲蒂的推理小說後，再讀【心之罪】系列這幾本小說，我們對她只會有更多的讚嘆！

玫瑰盛開和紫杉蓊鬱的片刻
同樣短長。

T・S・艾略特[1]

1 出自艾略特（T. S. El ot, 1888-1965）所著長詩《四個四重奏》（*Four Quartets*）中的〈小吉丁〉（Little Gidding）第五段。

序章

那時我在巴黎。我的管家帕菲特前來通報，有位女士來訪。「她說，」帕菲特補上一句，「有很重要的事。」

那時候我已經習慣不見沒有事先約好的人。緊急要見你的人，幾乎全是為了得到財務上的協助；但真的需要財務協助的人，反而幾乎不會來要求。

我問帕菲特，來訪者叫什麼名字，他遞給我一張卡片，上面寫著：凱薩琳．尤格比安，我從來沒聽過這個名字，而且老實說，我不大喜歡這個名字。我一改之前認為她需要財務協助的想法，轉而推測她是想來賣東西的——大概是那種自己送上門、售價也虛報的假古董吧，只能靠著三寸不爛之舌推銷給不情願的顧客。

我說抱歉，我沒辦法見尤格比安女士，但她可以把想說的事情寫下來。

帕菲特點點頭，然後退下。他非常可靠，像我這種殘廢了的人就需要一個可靠的人隨侍在旁，我毫不懷疑他會把這件事處理掉。然而，大大出乎我意料之外，帕菲特又出現了。他說，那位女士相當堅持，說這件事情攸關生死，而且和我一個老朋友有關。

這麼一說，我忽然好奇起來；不是因為這個訊息，那很明顯只是個詭計，生死攸關和老朋友是這種遊戲常用的技倆。不是因為這個。讓我好奇的是帕菲特的舉動，為了這種訊息而折回來，不像他的作風。

我立刻下了結論，結果卻是大錯特錯。我以為凱薩琳．尤格比安一定美得不得了，或者至少頗具魅力；除此之外，我想沒有別的理由能夠解釋帕菲特的舉動了。

男人畢竟是男人，即使我已經五十歲又行動不便，還是受不了誘惑。我想見見這個有辦法征服向來無可挑剔的帕菲特心防的迷人尤物。

於是我請他帶那位女士過來。凱薩琳．尤格比安一進到房裡，強烈的厭惡感害我差點喘不過氣來！

沒錯，我現在了解帕菲特為什麼讓她進來了。他對人性的判斷完全沒錯，看出凱薩琳不達目的絕不罷手的個性，他終究抵擋不住，所以很明智地選擇屈服，避免捲入一場疲憊漫長的戰爭。因為凱薩琳．尤格比安有著和鐵鎚一樣的固執，和瓦斯焊槍一樣的單調乏味，再加上疲勞轟炸、滴水穿石的能耐，假如她想達到目的，耗下去的時間可沒有上限，她會在我的門口坐上一整天。她是那種腦子裡只容得下一件事情的女人，和頭腦沒那麼簡單的人相比，這可占了極大優勢。

就像我之前說的，她進房時我嚇了一大跳，本來我屏氣凝神要好好看看美人兒，進來的女人卻平凡到教人肅然起敬、永誌難忘。注意，不是醜喔；醜有屬於它自己的韻律與攻擊模式，但凱薩琳一張臉又大又扁，像個煎餅一樣。她的嘴很大，上唇上面還有一點點小鬍子；她的雙眼小小的，而且顏色很深，讓人想到加了劣質葡萄乾的廉價餐包；她的頭髮又多又蓬、四處亂翹，而且油膩得不得了；她的身材毫無特色，可以說根本沒有身材可言。她的衣服足夠將她包起來，卻沒有一個地方合身。她看起來既不貧困也不富裕。她有個堅毅的下巴，但是她張嘴說話時，聲音既粗糙又難聽。

我以責怪的眼神看著帕菲特，他泰然自若地回應我的目光。顯然，一如往常，他知道沒人比他更清楚了。

「先生，這位是尤格比安女士。」他說。然後退出房間，把門關上，留下我任由這個看來意志堅決的女人擺布。

凱薩琳故意向我走近。我從來沒有感到這麼無助、這麼強烈意識到我行動不便的狀態。應該遠遠逃離這個女人的，而我卻沒辦法逃。

她開口說話，聲音大而堅定。

「拜託，幫幫忙！你一定要跟我去一趟，拜託！」

這句話比較像是命令，而不是請求。

「你說什麼？」我說，感到很驚訝。

「我怕我那個英文沒有說得很好，但是沒有時間了，沒有！一點時間都沒有。我要拜託你去蓋布利爾先生那裡一趟，他病得很重，他會死掉，很快，非常快。他要找你，所以你一定要馬上去看他。」

我盯著她看。老實說，我以為她瘋了。我對蓋布利爾這個名字一點印象也沒有，我敢說有部分是因為她的發音，聽起來一點也不像蓋布利爾。

不過就算聽起來很像，我也不認為我會想起誰。那已經是那麼久以前的事了，就連我最後一次想起約翰．蓋布利爾都肯定有十年了。

「你說有人快死了？我……呃……認識那個人嗎？」

她看了我一眼，眼裡充滿了責難。

「當然，你當然認識他，你和他很熟，而且他要找你。」

她是如此肯定，於是我開始絞盡腦汁地回想。她剛剛說了什麼名字？蓋伯？蓋爾布列斯？我倒是認識一個名叫蓋爾布列斯的人，他是礦坑工程師，但只是點頭之交而已；他似乎極不可能在臨死關頭把我找到床前。不過基於對凱薩琳堅毅個性的讚賞，我一點也不懷疑她所言的真實性。

「你剛剛說什麼名字？」我問，「蓋爾布列斯？」

「不……不是。蓋布利爾。蓋布利爾！」

我目不轉睛。這次我聽對了，但腦海裡只浮現有雙大翅膀的天使加百列[2]。這個畫面和凱薩琳．尤格比安很搭，她有點像是那種常出現在早期義大利原始主義繪畫最左邊角落的認真女人，她的長相帶著特殊的單純，再加上一種熱血拚命的神情。

她不放棄，固執地又加了一句：「約翰．蓋布利爾……」於是我就想起來了！

我全想起來了。我感到頭暈目眩，有點想吐。聖盧[3]、那些老太太們、蜜莉．勃特，以及蓋布利爾那張又小又醜但表情生動的臉，和他抬起腳跟搖來晃去的樣子，還有魯帕特，長得又高又帥像個青春洋溢的神。當然，還有伊莎貝拉……

我最後一次看到蓋布利爾是在薩格拉德，想起那時候發生的事，一股怒氣和厭惡感陡然湧上心頭……

「所以他快死啦，是吧？」我魯莽地問，「我很高興聽到這個消息！」

「抱歉，你說什麼？」

在人家禮貌地問「抱歉，你說什麼？」之後，有些話實在不大方便再說一次。凱薩琳・尤格比安看起來完全摸不著頭緒。

我只是回答：「你說他快死了？」

「對，他現在很痛苦……痛苦得不得了。」

嗯，我也很高興聽到這件事。不管蓋布利爾受了什麼苦，都沒辦法彌補他做過的事，但是在這位顯然是蓋布利爾死心塌地的信眾面前，我說不出這樣的話。

我心裡不高興地想著，這傢伙到底有什麼好，總是能讓女人愛上他？他醜到簡直天理不容，又愛裝模作樣且粗俗自大。他算是有點頭腦，在某些狀況下（低俗的狀況），他是個不錯的同伴。他很有幽默感。不過這些都不大算是能討女人歡心的特徵。

凱薩琳打斷我的思緒。

「你會來吧？拜託！你會馬上來吧？沒時間了。」

我恢復鎮定。

「親愛的女士，很抱歉，」我說，「我恐怕沒辦法陪你去。」

「可是他要找你。」她堅持說。

2 加百列（Gabriel），為神傳遞訊息的使者，第一次出現是在《舊約聖經》〈但以理書〉第八章第十六節，其英文拼音與「蓋布利爾」相同。

3 St Loo，作者虛構的地名。這本小說中有些地名是真有其地，有些則是虛構的。「Loo」在英式英文有「廁所」的意思，作者在命名上意有所指。

「我不去。」我說。

「你不了解，」凱薩琳說，「他病了。他快死了，他要找你。」

我進入備戰狀態。我已經漸漸明白（這是帕菲特一眼就看出來的事），凱薩琳．尤格比安是不會輕言放棄的。

「你搞錯了，」我說，「約翰．蓋布利爾和我不是朋友。」

她用力點點頭。

「當然是啊……當然是啊。他在報上看到你的名字，說你人在這裡，是委員會的成員。他要我找出你住在哪兒，然後找你來。拜託你一定要趕快來，很快很快，因為醫生說現在沒多久了。所以你會馬上來吧？拜託！」

看來我得把話說白了。我說：「他乾脆全身發爛、下地獄算了！」

「抱歉，你說什麼？」

她不安地看著我，溫和地皺皺她的長鼻子，試著想要了解。

「約翰．蓋布利爾，」我慢慢地、清楚地說，「不是我的朋友。我痛恨這個人……痛恨！你現在聽懂了嗎？」

她眨眨眼。看來她終於開始搞清楚狀況了。

「你說……」她慢慢地說，像個孩子重複唸一段困難的課文，「你說……你—痛恨—約翰．蓋布利爾？請問你是這樣說的嗎？」

「沒錯。」我說。

她微笑；教人抓狂的微笑。

「不，不，」她說，沉溺在自己的世界裡，「不可能有這種事……沒有人會痛恨約翰・蓋布利爾的，他是個很偉大、很好的人。我們所有認識他的人都樂意為他而死。」

「老天爺！」我激動地大叫，「這個人是做過什麼事，讓人們對他有這種感覺？」

我真是自找麻煩！她忘了身上任務的急迫性，坐了下來，將額頭上一綹油膩的頭髮往後撥，一雙眼睛充滿熱忱、閃閃發亮。接著她開口，然後滔滔不絕地說個不停……

她差不多說了十五分鐘吧，我想。有時遇上困難的字，她會結結巴巴，讓人無法理解；有時她的一字一句又如奔放的溪流般順暢。不過，整體表現達到一部壯麗史詩的效果。

她的語氣中滿是敬畏和景仰、謙卑與崇拜。她談到蓋布利爾時，就像是在談彌賽亞一樣，顯然蓋布利爾對她的意義就是如此。她提到他的一些事蹟，在我看來都是瘋狂的幻想，完全不可能。她說的是一個溫柔、勇敢且堅強的男人，是一位領導者、一個成功的人。她說的是一個為了讓其他人能夠活命而不惜賭上自己性命的人；一個嫉惡如仇、痛恨殘忍和不公義的人。對凱薩琳來說，他是先知，是國王，是救世主，是一個可以給予他們從未有過的勇氣與力量的人。他不只一次遭到折磨拷打，變成殘廢，去了半條命；但不知怎地，他那殘缺的身體光靠意志力就克服了這一切，而且繼續做那些不可能的事。

「你是說，你不知道他做過的事？」她在此收尾，「可是所有人都知道克萊門特神父啊，所有人！」

我盯著她看——因為她說得沒錯，所有人都聽說過克萊門特神父，這個名字家喻戶曉，即便有些人認為這不過是個名字、是個神話，實際上這個人並不存在。

我該怎麼描述克萊門特神父的傳奇呢？想像一個獅心王理查，加上達米盎神父和阿拉伯的勞倫斯的綜合體[4]，一個同時身兼戰士、聖人，還具備男孩一般橫衝直撞、冒險犯難特質的人。一九三九至四五年的戰後幾年，歐洲和東方世界經歷了一段黑暗時期，恐懼日漸高漲，殘暴與野蠻的行為也隨之滋長，文明開始崩裂。在印度和波斯都發生了令人髮指的事件：集體屠殺、饑荒、折磨拷打、無政府狀態……

然後一個身影穿過這片黑濛濛的迷霧，一個傳奇人物出現了，他自稱「克萊門特神父」，要來拯救孩子，將人們從痛苦中救出來，領著他的群眾翻山越嶺、走過不可能通過的路，並帶他們到安全地帶安頓下來，組成聚落。他受人崇拜、敬愛、景仰，那是個傳說，不是人。

根據凱薩琳的說法，克萊門特神父就是以前的約翰．蓋布利爾、前聖盧議員、花花公子、酒鬼，那個從頭到尾永遠只考慮自己的人。一個冒險玩家、投機分子，一個除了不怕死之外一無是處的人。

突然間我感到不安，心旌動搖了。雖然我認為凱薩琳的故事非常荒誕，但有一點似乎是真的，克萊門特神父和蓋布利爾兩人都膽大過人。這位傳奇人物的豐功偉業、救人時的莽撞、虛張聲勢……是的，還有他的無禮言行，確實是蓋布利爾的手法，沒錯。

但蓋布利爾一向是個自吹自擂的人，他的所作所為都是為了要出名。假如蓋布利爾是克萊門特神父，全世界自然都會被告知這個事實。

不，我不相信，我沒有辦法……相信……

然而，就在凱薩琳上氣不接下氣地停頓下來，眼裡的火花漸漸黯淡，並再度用她那堅持而單調的語氣說「現在你會來了對吧？拜託！」的時候，我把帕菲特叫了過來。他扶我站起來，把拐杖遞給我，然後扶我下樓，上了計程車。凱薩琳也上了車，坐在我身旁。

我得搞清楚，你明白吧？也許是出於好奇，或是因為凱薩琳的死纏爛打，（我最後一定會束手就擒的！）總之，我想見見他，我想看看有沒有辦法把我所認識的那個聖盧的約翰·蓋布利爾和克萊門特神父的故事套在一起。我想，也許吧，看看我是否會看到當初伊莎貝拉看到的；她肯定看到了那些東西，所以才會做出那些事……

跟著凱薩琳走上狹窄的樓梯、並進入後面那間小小的臥房時，我不知道自己心裡期待的是什麼。房間裡有個法國醫生，留著鬍子，一副自命不凡的樣子。他本來彎著腰在看病人，一看到我便退後一步，禮貌性地示意我過去。

我看到那雙眼睛好奇地打量著我。我就是這個偉大的人臨終前想見的人……

看到蓋布利爾時，我嚇了一跳。距離在薩格拉德那天那麼久了，若是只看到這個安靜躺在床上的人，我一定認不出來。我看得出他快要死了，生命終點近在咫尺，而且我完全不認識這個臥病在床的人。我必須承認，就外貌而言，凱薩琳說得沒錯，那張憔悴的臉龐是張聖人的臉，有經歷過苦難的痕跡，有苦行僧的容顏，而且散發出莊嚴的氣息……

而這些特質，和我所認識的名叫約翰·蓋布利爾的人一點關係也沒有。

然後他睜開了眼睛，見到我，露出笑容。一樣的笑容，一樣的眼睛——在又小又醜的小丑臉上的一雙美麗眼睛。

他的聲音非常虛弱。他說：「她找到你啦！亞美尼亞人真是太棒了！」

4 獅心王理查（Richard Coeur de Lion, 1157-1199）即英王理查一世，由於他有如獅子般驍勇善戰，因此獲得「獅子心」的稱號。達米盎神父（Father Damien, 1840-1889）為比利時天主教神父，一八七三年自願到夏威夷的莫洛凱島（Molokai）上為痲瘋病人服務，因此致病而死於島上。阿拉伯的勞倫斯（Lawrence of Arabia, 1888-1935），本名T. E. Lawrence，為英國軍官，在一九一六至一八年擔任阿拉伯對抗鄂圖曼土耳其起義行動的協調者而聲名大噪。

沒錯，是蓋布利爾。他向醫生比了個手勢，用他虛弱卻傲慢的聲音要求醫生之前答應給他的興奮劑。醫生不願意，但蓋布利爾比他強勢。那會加速最後一刻的到來，我猜是因為這類原因吧，可是蓋布利爾清楚表達出最後這股能量對他很重要，而且確實非常必要。醫生聳聳肩，順了他的意思。他替病人注射完後，便和凱薩琳一起離開，留下我和病人獨處。

蓋布利爾馬上開口了。

「我想讓你知道關於伊莎貝拉的死。」

我告訴他，我都知道了。

「不，」他說，「我認為你不知道……」

於是他對我述說了在薩格拉德一間酒吧裡發生的最後一幕。

我會在適當的場合將這一幕說出來。

之後他再說了另外一件事。就是因為另外的這件事，我現在才會寫這個故事。

克萊門特神父屬於歷史，他英勇壯烈、堅忍不拔，充滿博愛和勇氣的一生，屬於那些喜歡描寫英雄故事的人。他開創的社會是我們新生活實驗的基礎，有很多人會為想像並草創出這一切的這個人立下傳記。

這不是克萊門特神父的故事，這是約翰·梅利偉特·蓋布利爾的故事，大戰時獲頒維多利亞十字勛章，是個投機分子，也是個激情的感官動物，並且充滿個人魅力。那時候他和我，用不同的方式，愛著同一個女人。

剛開始我們總是自己故事的主角，接著我們思考、懷疑、摸不著頭緒，我也是如此。一開始這是我的故事，然後我以為是珍妮佛和我共同的故事，就像羅密歐與茱麗葉、崔斯坦與伊索德[5]。接著，在一片黑暗與幻滅之中，伊莎貝拉彷彿黑夜中的月光掠過我的眼前。她成為繡花圖案的主題，而我不過是十字繡的襯底，不多，但也不少，要是沒有平淡無奇的背景來襯托，圖案就不會突顯出來。

現在，圖案又變了。這不是我的故事，也不是伊莎貝拉的，是蓋布利爾的故事。

故事在這裡要結束了，就在我將要開始的時候；由蓋布利爾作結，但是也從這裡開始。

5 崔斯坦與伊索德（Tristan and Iseult），流傳於歐洲中世紀的愛情浪漫傳說，情節曲折更甚羅密歐與茱麗葉。

第一章

要從哪裡說起呢？從聖盧？在紀念館那場會議上，一位老將軍（非常老）介紹了保守黨屬意的候選人——維多利亞勛章得獎人約翰．蓋布利爾少校。他站在那裡發表演說，然而他單調平淡的聲音和醜陋的長相，讓所有人都有點失望，只得透過回想他的英勇以及提醒自己和民眾接觸的必要性，來激勵我們自己——特權階級已經卑微得可憐！

或者該從浦諾斯樓開始？在面海的那間長而低矮的房間裡，天氣好的時候，我會把躺椅放到外面的露台上，從那裡眺望浪花滔滔的大西洋，還有突出海面、截斷地平線的灰暗礁石，在那上頭就是聖盧城堡的城垛與角樓。我總覺得，這幅景象看起來像是一八六〇年左右、一位浪漫少女的水彩素描。

因為聖盧城堡帶著虛假的戲劇氛圍，給人一種像是偽造出來的浪漫感覺。你知道，這是人們在還能不扭捏地全心享受浪漫主義時建造的，它讓人聯想到圍城、火龍、被俘虜的公主、穿盔甲的騎士，以及所有不怎麼樣的歷史電影裡會出現的華麗場面。當然，仔細想一想，歷史其實就是一部爛電影。

看到聖盧城堡，會讓人覺得接下來會出現像是聖盧夫人、崔西莉安夫人、查特利斯太太以及伊莎貝拉這類人物。令人驚訝的是，還真的有這些人！

我是不是該從這裡開始，從那三位老太太——直挺挺的身上穿著單調老氣的衣服，鑽石配件也非常老式——的來訪說起？還是從我很感興趣地對泰瑞莎說「她們不可能……就是不可能……是真的吧？」說起？

或者我應該從更早一點開始，譬如從我上了車準備去諾霍特機場[6]見珍妮佛說起？

但在那之後又是我的人生——自三十八年前開始，並在那天結束……

這不是我的故事，我之前就說過了，不過是用我的故事開的頭。這個故事從我——修・諾瑞斯——開始。回顧我的人生，我發現自己和其他人差不多，沒有比較有趣，也沒有比較差，曾經歷過無可避免的幻滅、失望與不為人知的幼稚苦痛；也有過令人振奮、和諧的事，以及因為莫名其妙、微不足道的原因而得到的巨大滿足。我可以選擇要從哪個角度看待自己的人生：從挫敗的角度，或是以輝煌紀事的觀點。兩者都是真的，到最後總是取材的問題，包括修・諾瑞斯對自己的看法，也有修・諾瑞斯給別人的印象，還有修・諾瑞斯給神的印象。修這個人肯定有個本質，但他的故事只有記錄天使[7]有辦法書寫。最後還是回到這一點：現在，我對那個在一九

6 諾霍特機場（Northolt Aerodrome），英國皇家空軍（Royal Air Force）於倫敦的機場，至今仍保有當年邱吉爾指揮英倫戰役（Battle of Britain）的指揮行動室。

7 記錄天使（Recording Angel），相傳是猶太教、基督教與伊斯蘭教中專司記錄人類善惡行為的天使。

四五年於彭贊斯上了火車、前往倫敦的年輕人認識多少呢？如果有人問起，我該說整體而言，人生待我不薄。我喜歡和平時期所從事的教師工作，同時很享受戰爭的經驗——戰後工作仍等著我，而且那時我有希望成為合夥人並接任校長職務。我經歷過讓我受傷的感情，也有過令我滿足的戀情，但沒有一段是深入的。我和家人的關係還不錯，不過沒有太親密。當時我三十七歲，就在那一天，我意識到一件我已經約略感覺到好一陣子的事情。我在等待某件事……等待一種經驗，一個無與倫比的事件……

那時我忽然感覺到，在這之前，我人生的所有一切都是如此表面，我在等待某個真實的事情發生。也許每個人一生中至少會有一次這種感覺，有些人很早就遇上，有些人則遲些，那一刻就像打板球時要擊球的剎那……

我在彭贊斯上了火車，買了第三梯次用餐的午餐券（因為我才剛吃完分量頗大的早餐）。等到服務員一邊走來、一邊帶著鼻音高喊「第三梯次午餐，請出示餐券……」的時候，我便站起來走向餐車，然後服務員收走我的餐券，做個手勢要我去後面靠引擎的一個單人座位，就在珍妮佛對面。

你知道，事情就是這樣發生的，沒辦法先想好、沒辦法計畫。我在珍妮佛對面坐下，而她正在哭。

一開始我沒有發現。她試圖控制住自己，沒有發出聲音，沒有表露動作。我們沒有看著對方，乖乖遵守餐車上陌生人相會時的規矩。我把菜單推向她，那是個禮貌性、但沒有特殊涵義的動作，因為上面只有以下說明：湯，魚或肉，甜點或起司。四先令六便士。

她行禮如儀地客氣微笑，並點點頭回應我。服務員問我們要喝什麼，我們都點了淡啤酒。

接著停頓了一下子。我看著我帶來的雜誌。服務員快速穿越車廂，將兩碗湯送到我們面前。我依然保持紳士作風，將鹽和胡椒往珍妮佛的方向推過去一英寸。直到目前為止，我還沒看她，這意思是說，沒有真正盯著她看，雖然我已經知道一些基本資料，像是她還年輕，不過不是非常年輕，只比我小個幾歲；身高中等，膚色偏黑，社會背景和我相似；還有，雖然她的魅力足以讓人如沐春風，但沒有迷人到令人不安的地步。

這時我想看仔細一點。如果可以的話，我會進一步試探性地說幾句話，一切視情況而定。但打亂我所有計畫的是，就在我的眼神飄向對面的湯盤時，發現有些出人意料的東西濺起了湯汁。她無聲無息、也看不出任何悲痛的樣子，眼淚就這麼奪眶而出、掉進湯裡。

我嚇了一大跳，偷偷瞄了她幾眼。她的眼淚停了，她成功止住了淚水，喝了湯。

「你很不快樂，對吧？」我這樣問實在不可原諒，但又不由自主。

她狠狠地回了一句：「我是個大笨蛋！」

我們兩人都沒有說話。服務員把湯盤收走，將分量很少的鮮肉派擺在我們面前，然後加了一大堆甘藍菜，接著，他在這堆青菜旁放了兩個烤馬鈴薯，一副他特別照顧我們的樣子。

我望向窗外，說了一句與窗外景色有關的話。接著我講了一些關於康瓦爾郡的事。我說我不大熟悉這個地方，她熟悉嗎？她說：是的，她就住在這裡。我們比較了一下康瓦爾郡和德文旭爾郡[8]，還比較了康瓦爾郡與威爾斯和東岸。都是些沒什麼意義的對話，只為了掩飾她剛剛犯了在公共場所掉淚的罪行，而我發現她掉眼淚這件事也是個罪。

8 康瓦爾郡和德文旭爾郡（Devonshire，通常稱為德文郡）皆位於英格蘭西南部，兩郡相毗鄰。

直到咖啡放在我們面前，然後我遞給她一支菸，她也收下之後，我們才回到最初的話題。我說我很抱歉，說了這麼愚蠢的話，但我就是忍不住。她說我一定覺得她是個大笨蛋。

「不，」我說，「我覺得你已經忍到極限了。就是這樣，對不對？」

她說：沒錯，就是這樣。

「很丟臉，」她狠狠地說，「自憐到不在乎自己在做什麼或被誰看到的地步！」

「但你在乎啊，你很努力要忍住。」

「事實上我沒有放聲大哭，」她說，「如果你說的是這個。」

我問她情況有多糟。

她說滿慘的，已經到了窮途末路、不知所措的地步。

我想我之前就感覺到了。她給人一種焦慮緊繃、不知如何是好的感覺。我不打算讓她在那種狀態下離開。我說：「跟我說說吧，我和你互不相識。你可以把事情告訴一個陌生人，沒有關係的。」

她說：「沒什麼可說的，我把所有事情都搞砸了。所有事情。」

我告訴她，也許情況確實如她所說的那麼慘。我看得出來，她需要一點肯定，需要新的人生、新的勇氣；她需要有人把她從痛苦的泥淖中拉出來，讓她再度站起來。我毫不懷疑我是最合適的人選……沒錯，事情就這樣發生了。

她不安地看著我，像個不確定的孩子。接著，她就向我全盤吐露了。

在這過程之中，服務員當然也送上了帳單。我很高興我們吃的是第三梯次，他們不會急著把我們趕出餐車。買單時我多付了十先令，於是服務員恭謹地鞠了個躬、退了下去。

我繼續聽珍妮佛說話。

她受到很多不公平的待遇，她以不可思議的勇氣面對這一切，但事情實在太多了，一件接著一件，而她的身體不夠強壯。她一直都很坎坷，從童年時期、少女階段到進入婚姻，她的溫柔、她的衝動，每每讓她陷入困境。本來有出口可以逃離，她卻沒有逃，寧願繼續嘗試，盡力把糟糕的事情做到最好。等到努力失敗，逃脫的機會再次出現，卻是個不理想的機會，於是她落入比之前更糟的混亂中。

對於所有發生的一切，她都怪責在自己頭上。她那沒有批判、沒有憎恨的可愛特質溫暖了我的心。「一定是，」每次她都惆悵地總結，「因為我哪裡做錯了……」

我想大吼：「當然不是你的錯！你難道看不出來你是受害者嗎？只要你持續那種要命的態度，把一切歸咎在自己身上，你永遠會是受害者。」

她坐在那裡的樣子好可愛，擔心、狼狽又挫敗。隔著窄窄的餐桌看著她的時候，我想那時候我就知道自己在等什麼。我在等珍妮佛……不是要占有她，而是要讓她能夠好好生活，看她快樂，看她重新完整起來。

對，那時候我就知道了……雖然直到好幾個禮拜之後，我內心才承認我愛上她了。

你知道，後來事情可不只如此。

我們沒有為再次見面做任何計畫，我想她那時真的以為我們不會再見了。我卻不一樣。她跟我說過她的名字。我們終於要離開餐車時，她親切地說：「就要說再見了，但請相信我永遠不會忘記你，以及你為我做的。我之前很絕望……非常絕望！」

我握握她的手，然後和她道別。不過我知道那不是告別，我非常確定我們會再見面，即使不刻意找她都有可能再相見。她的一些朋友也是我的朋友，我沒告訴她，但要找到她很簡單，奇怪的是，我們在這之前竟然互不相識。

一個禮拜後我又見到她了，在卡洛．史特蘭居薇的雞尾酒派對上。在那之後，一切都很清楚了，我們都知道兩人之間會發生什麼事……

我們見面、分開，然後又見了面。我們在派對上、在其他人的家裡見面；我們在安靜的小餐廳碰面，搭火車去鄉下，一起漫步在一個光亮迷濛、不像真實的幸福世界裡。我們一起去聆聽音樂會，聽到伊莉莎白．舒曼唱著：「在我們的足跡即將踏上的小路，我們相會，忘卻世界，沉浸在夢裡，願天讓這份愛結合，不再被世界分開……」[9]

沿著熙熙攘攘的威格摩爾街[10]離開時，我重複了史特勞斯歌裡的最後幾句：「……墜入愛河，幸福永無止境……」並且與她四目交接。

她說：「喔，不，修，不是我們兩個……」

我說：「沒錯，就是我們兩個……」

我對她說，我們得一起過下半輩子……

她做不到，她說，她沒辦法就這樣丟下一切。如果她要求離婚，她知道她丈夫不會答應。

「那如果是他要求和你離婚呢？」

「是的，我想應該就會了吧……喔，修，我們不能保持現在這樣嗎？」

不行，我說，我們不能只是保持現狀。之前我一直在等，看著她為了身體和心靈的健康而努力。在她恢復原有的快樂面貌之前，我不希望拿這些抉擇去煩她。嗯，我做到了，她的身體和心靈都再度堅強起來了，現在我們該做個決定。

過程不是很平順。她有各種奇奇怪怪、出人意料的理由。主要是因為她不肯定我的工作，也就是說，我得完完全全轉換跑道。好，我說我知道，我都想過了，沒有問題。那時我還年輕，除了教書之外，還有很多可以做的事。

然後她掉下眼淚說，如果我因為她而毀了我的人生，她永遠不能原諒自己。我告訴她，沒有什麼事可以毀掉我的人生，除非她要離開我。沒有她，我的人生就完了。

之後還有許多起起伏伏。她似乎接受了我的看法，然後當我不在她身旁時，她又會突然退縮。你知道的，她對自己沒信心。

不過，她漸漸和我有了相同的看法。我們之間不只是激情，還有心靈和想法上的契合，那種心靈交流的快樂；她要說的正好是我想說的事，以及我們共享的那些數不清的小小快樂。

最後，她終於承認我是對的，我們屬於彼此，她的心防也就漸漸退去。

「是真的！噢，修，這怎麼可能？我不知道，我對你的意義怎麼可能真的像你說的那樣？但我確實不懷疑。」

一切經過考驗，並且得到證實。我們著手計畫，那些必要而乏味的計畫。

一個寒冷而晴朗的早上，我醒來，然後想起我們的新生活就要從這一天開始，從現在起，珍妮佛會和我在一起。在這一刻之前，我不允許自己完全相信這一切，我總是害怕她近乎病態的缺乏自信，會害她退縮。

9 伊莉莎白．舒曼（Elizabeth Schumann, 1888-1952），德裔女高音。文中歌詞出自德國作曲家理查．史特勞斯（Richard Strauss, 1864-1949）作品編號二十七中四首歌曲的最後一首〈明晨〉（Morgen!），是史特勞斯獻給妻子的結婚禮物。

10 威格摩爾街（Wigmore Street），位於英國倫敦，著名的威格摩爾音樂廳（Wigmore Hall）就在這條街上。

即使在這個屬於前半段人生的最後一個早晨，我還是得確認一下。我打電話給她。

「珍妮佛……」

「修……」

她的聲音溫柔中帶著微微的顫抖……是真的。我說：「原諒我，親愛的。我需要聽聽你的聲音。這一切都是真的吧？」

「全都是真的……」

我們要在諾霍特機場會合。我邊穿衣服邊哼著歌，小心地刮了鬍子。我幾乎認不出鏡子裡那張幸福洋溢的白癡臉。今天是我的日子！我等了三十八年的日子。我吃了早餐，檢查機票和護照。我下樓準備上車。哈里曼本來要開車，我告訴他由我來開，他可以坐後面。

我把車開出來，轉進馬路。車子穿梭在車陣當中，我的時間很充裕。這是一個極其美好的早晨，一個特別為了修和珍妮佛而創造的美好早晨。我幾乎要高聲大叫了。

那輛大卡車以時速四十英里的速度從旁邊的路開過來，既看不到也躲不掉。我沒有疏失，反應沒有錯誤。後來他們告訴我，卡車司機喝醉了——一件事情之所以發生，理由會是多麼微不足道！

卡車從側面撞上來，整輛別克轎車都撞爛了，我被壓在下面，哈里曼身亡。

珍妮佛在機場等著。飛機起飛了……我沒有到……

第二章

接下來的事情沒什麼好說的，因為根本連貫不起來。記憶中只有混亂、黑暗、疼痛……我無止盡地徘徊，感覺好像在地下道的迴廊裡。有時候我朦朧感覺到我躺在醫院病房裡，知道有醫生、戴白帽子的護士和消毒水的味道，還有鋼製器材的冷光，以及閃爍著光芒的玻璃推車被人快速地推來推去……

我漸漸恢復知覺，少了點混亂、少了點疼痛……但還沒想起任何人或地方。痛苦中的動物只知道痛或不痛，無法專注在其他事情上。藥物縱然仁慈地減輕了身體的疼痛，卻讓思緒不清，更加強了混亂的感覺。

不過，頭腦開始有清楚的時候了；有一天他們肯定地告訴我，我出了車禍。

最後我終於得知——了解我的無助——我的身體殘廢了……身為男人的那個我已經死了。

大家都來看我；我哥哥，一臉尷尬又結結巴巴，完全不知道要說什麼。我們從來都不親近，我沒辦法對他說珍妮佛的事。

但我想的就是珍妮佛。隨著我逐漸康復，他們替我帶信來，珍妮佛寫的信……

只有家人可以來探視，珍妮佛沒有身分、沒有權利。嚴格說來，她只是個朋友。

他們不讓我去看你，親愛的修，她寫道，只要他們允許，我立刻去看你。給你我所有的愛。專心休養身體，珍妮佛。

另一封：

修，不要擔心，只要你沒有死，什麼都不要緊。重要的是你還活著。我們很快就會在一起了，永遠在一起。你的珍妮佛。

我寫信給她，鉛筆的筆跡潦草而虛弱。我告訴她千萬別來。我現在還能給她什麼呢？直到我出院、到我哥哥家裡，才又見到珍妮佛。她的信說的都是差不多的事。我們相愛！即使我無法痊癒，我們還是要在一起，她可以照顧我。我們還是會很幸福快樂的；不是我們之前夢想的那種，但還是幸福。

雖然我一開始的反應就是不顧一切地斬斷我們之間的連結，我對珍妮佛說：「走開，永遠不要接近我。」可是我動搖了，因為我相信，一如她也這麼想，我們之間不只是肉體而已，心靈的陪伴也給我們帶來快樂。當然，對她而言最好的方式就是離開我，然後忘了我。但如果她不離開呢？

過了很久之後我才妥協，並讓她進來。我們經常書信往來，那些信件都是貨真價實的情書，激勵動人，情感濃烈。

於是，最終我讓她來了……

嗯，她來了。

她不能停留很久。我想我們那時候就知道了，可是不願意承認。她又來了，然後是第三次。在那之後，我再也無法忍受了，她第三次的拜訪才十分鐘，感覺卻像經過一個半鐘頭！事後我看看手錶簡直不敢置信，我毫不懷疑，對她而言那一切似乎同樣漫長……

因為，你知道，我們彼此已經無話可說……

對，就是這樣……

畢竟，什麼都沒有了。

還有什麼比虛幻的幸福破滅更苦澀？所有心靈的交流、我們搶著補充對方想法的默契、我們的友誼、我們的相伴，假象，全都是假象！這是男女之間互相吸引的錯覺，最原始的誘惑，最狡詐的謊言。我和珍妮佛之間只是肉體的吸引，我們編織了這整場自欺欺人的騙局，從頭到尾除了激情還是激情。這個發現讓我羞愧不堪，很不是滋味，甚至到了痛恨她和我自己的地步。我們沮喪地盯著對方，各自用自己的方式思索著：我們曾經如此相信的奇蹟，到底出了什麼問題？

她是個漂亮的年輕女子，這點我看得出來。但她的話語讓我覺得很乏味，而我也讓她覺得很無聊。我們沒辦法開心地談談什麼，或討論任何事情。

她一直為這整件事情責怪自己，我真希望她不要那麼做，感覺沒有必要，而且這不過是歇斯底里地碎碎唸罷了。我心想，她到底為什麼要這樣大驚小怪？

她第三次要離開時說：「我很快會再來，親愛的修。」語氣和以往一樣堅毅且充滿希望。

「不，」我說，「不要來。」

「我當然要來。」她的聲音有些空洞，不大誠懇。

我粗魯地說：「天啊，拜託不要裝了，珍妮佛。已經結束了，全都結束了。」

她說沒有結束，她不知道我是什麼意思。她要花下半輩子照顧我，她說我們會很快樂。她堅決要犧牲自己，這把我惹毛了，同時我也感到不安，擔心她會照做。也許她會一直在那裡說個沒完、試著當個好人、說些充滿希望的蠢話……我慌了，一種出於虛弱與殘疾的慌張。

我對她大吼、要她走開，走得遠遠的。她走了，看起來很害怕，但我在她眼裡看到她鬆了一口氣。

之後我嫂嫂來把窗簾拉上的時候，我說：「完蛋了，泰瑞莎。她走了……她走了……她不會再回來了，對不對？」

泰瑞莎用溫和的聲音說：「不會，她不會回來。」

「泰瑞莎，你覺得，」我問，「是因為我的殘疾讓我……看走眼了嗎？」

泰瑞莎知道我的意思。她說，她認為像我這樣的殘疾，通常會讓人看到事情的真相。

「你是說，我現在看到珍妮佛的真面目了嗎？」

泰瑞莎說她的意思不完全是這樣。現在的我比起以前，大概也沒有比較認識珍妮佛真正的樣子。但我現在完全知道珍妮佛在我身上激起的效果了，除了讓我愛上她。

我問她對珍妮佛的看法。

她說她一直覺得珍妮佛很有魅力、又親切，但一點都不有趣。

「泰瑞莎，你覺得她很不快樂嗎？」我有點病態地問。

「對，修，我覺得她很不快樂。」

「因為我嗎？」

「不是，因為她自己。」

我說：「她一直為我出車禍而責怪自己，不停地說要不是去和她會合，就不會發生這種事了。這些話全都蠢得要命！」

「是啊，滿蠢的。」

「我不希望她為了這事把自己弄得不愉快。我不希望她不快樂，泰瑞莎。」

「修，說真的，」泰瑞莎說，「讓那個女孩子保留一點自己吧！」

「你是什麼意思？」

「她喜歡不快樂，你沒發現嗎？」

我嫂嫂的思路中有一種冷靜清晰的特質，這讓我感到很挫折。

我告訴她，她這樣說很殘忍。

泰瑞莎深思熟慮地說，也許是很殘忍，可是她真的不認為現在這麼說有什麼關係。

「你不用再對自己編故事了。珍妮佛一直很喜歡坐下來回想這一切是怎麼搞砸的，她為此愁眉不展，弄得自己很不快樂，但如果她喜歡這樣過日子，有何不可呢？」泰瑞莎又說，「你知道的，修，你不會可憐一個人，除非那個人很自憐；一個人得先為自己感到難過，別人才會為他感到難過。這種同情心一直是你的弱點，因為這樣，你才會看不清這些事。」

我告訴泰瑞莎說她是個可惡的女人，而這讓我得到暫時的滿足。她說她或許是吧。

「你從來不會為了任何人感到難過。」

「我會啊，我有點為珍妮佛感到難過。」

「那我呢？」

「我不知道，修。」

我語帶諷刺地說：「我殘廢了，變成一個人生沒有希望的廢物，這沒有引起你的同情？」

「我不知道我有沒有為你感到難過。這表示你的人生得重頭開始，從一個完全不同的角度來過人生。這可能會非常有趣。」

我對泰瑞莎說她很沒人性，然後她帶著微笑離開了。

她真是幫了我一個大忙。

第三章

在那之後不久，我們就搬到康瓦爾郡的聖盧，泰瑞莎剛繼承了一棟房子。醫生希望我離開倫敦。我哥哥羅伯特是畫家，對於自然風景有種大多數人覺得很變態的想像。他和大部分的藝術家一樣，在戰爭期間服的是農耕方面的兵役，所以搬到那裡非常符合我們彼此的需求。

泰瑞莎先過去把房子整理好。在順利填完許多表格後，一輛專用救護車把我送了過去。

「這裡是什麼樣的地方？」抵達後的隔天早晨，我問泰瑞莎。

泰瑞莎的消息非常靈通。她說這裡分成三個世界，一個是海港周圍的老漁村，石板瓦屋頂的高聳房子環繞在四周，告示牌上同時寫有法蘭德斯語[11]、法語及英語。在漁村外圍，一路沿著海岸不規則拓展的是現代的觀光區和住宅區，有豪華奢侈的飯店、上千棟度假小屋，還有一堆小型旅社，夏天時非常忙碌而熱鬧，到了冬天就寂靜無聲。第三個則是聖盧城堡，由男爵的遺孀聖盧夫人掌管，以城堡為中心衍生出另一種生活方式，穿過蜿蜒的巷弄，一路延伸至隱藏

11 法蘭德斯語（Flemish），通用於荷蘭、比利時和法國等地的語言。

在山谷中的房子，再擴展到幾座古老教堂旁邊。事實上，這些都是男爵的領地，泰瑞莎說。

「那我們屬於哪個世界？」我問。

泰瑞莎說我們屬於「男爵領地」，因為浦諾斯樓過去是她的姑婆艾米．崔格麗絲的，現在則是她的，是繼承來而非買的，所以我們算是在領地之內。

「羅伯特也是？」我問，「即使他是畫家也沒關係？」

泰瑞莎承認，這不大容易被接納，聖盧的夏天有太多畫家了。

「但他是我先生，」泰瑞莎自豪地說，「而且他媽媽是從伯德明[12]那裡來的大人物。」

於是我請泰瑞莎告訴我們，之後我們在新家要做什麼，或者說她要做什麼。我的角色很清楚，就是一個旁觀者。

泰瑞莎說她要參加所有地方上的活動。

「你是指……？」

泰瑞莎說，主要應該是政治和園藝類的活動，再加上一些女性組織，以及像是「歡迎戰士返鄉」這類行善活動。

「不過主要還是政治活動，」她說，「畢竟普選馬上要到了。」

「泰瑞莎，你以前對政治感興趣嗎？」

「不，修，我以前對政治沒什麼興趣，我一直覺得沒這個必要。我規定自己要投給我覺得對社會傷害最小的候選人。」

「非常優秀的策略。」我喃喃地說。

但如今，泰瑞莎說，她會盡力認真看待政治。她當然是保守黨的。浦諾斯樓的主人也只能是保守黨，如果已過世的艾米・崔格麗絲姑婆知道繼承她金銀財寶的姪孫女投票給工黨，應該會死不瞑目吧。

「可是，如果你認為工黨比較好呢？」

「我沒有這樣想，」泰瑞莎說，「我不認為兩黨之中有什麼好選的。」

「非常中肯！」我說。

就在我們搬進浦諾斯樓半個月後，聖盧夫人來拜訪我們。

她帶了她的妹妹崔西莉安夫人、妯娌查特利斯太太和孫女伊莎貝拉一起來。

她們離開之後，我很感興趣地對泰瑞莎說：她們不可能是真人吧？

你知道，她們實在太像會從聖盧城堡走出來的人，完全就是童話故事裡的人物——三個女巫和一個被施了魔法的少女。

艾狄蕾・聖盧是第七代聖盧男爵的遺孀。她的丈夫在波爾戰爭[13]中喪生，兩個兒子也在一九一四到一八年的戰爭中身亡。他們都沒有子嗣，倒是小兒子留下一個女兒伊莎貝拉，而伊莎貝拉的媽媽在生下她的時候過世。男爵的頭銜由目前住在紐西蘭的一個堂親繼承。那位第九代聖盧男爵很樂意把城堡租給這個年邁的寡婦。伊莎貝拉在城堡裡長大，由三位監護人照顧，即她的祖母和另兩位老太太。聖盧夫人守寡的妹妹崔西莉安夫人以及她同樣守寡的妯娌查特利斯太太搬來城堡一起住，她們共同分攤開支，用這樣的方式讓伊莎貝拉在幾位老太太認為適合她的家裡長大。她們全都年過七十，看起來有點像三隻烏鴉。聖盧夫人一張大臉清瘦見骨，鷹勾

12 伯德明（Bodmin），英國康瓦爾郡的主要城市。

13 波爾戰爭（Boer War），一八八〇至一九〇二年發生的兩次戰爭。

鼻，額頭很高。崔西莉安夫人比較豐腴，大大圓圓的臉上有雙閃亮的小眼睛。查特利斯太太身材瘦削，皮膚皺巴巴。她們的外表給人一種愛德華時代的感覺，彷彿時間為她們靜止下來了。她們身上的首飾有點髒，不過肯定是真的，都穿戴在不尋常的地方，倒是沒有戴太多。那些首飾大多是半月形，或是馬蹄和星星的形狀。

聖盧城堡的三位老太太就是這個樣子。而跟在她們身邊的伊莎貝拉，簡直像是被施了魔法的少女的完美化身。她長得高䠷纖細，臉蛋長而瘦削，額頭很高，而且有一頭亞麻色的長直髮，簡直像是早期彩繪玻璃窗上的人物。嚴格來說，她不算漂亮或迷人，但她身上散發出來的特質幾乎可以稱之為美了，只不過是很久遠以前的那種美，絕不是現代所謂的美麗。她身上沒有俏皮活潑的氣息、沒有妝點的魅力，五官也沒有特殊之處。她簡樸的美來自良好的結構：骨架端正。她看起來像中世紀的人，莊重而拘謹。但她的臉龐並非沒有個性；她臉上帶著一種我只能用貴族來形容的氣質。

在我對泰瑞莎說我覺得那三位老太太不像真人之後，我又補充說那個女孩子也不像真的。

「她像是被關在荒廢城堡裡的公主？」泰瑞莎說。

「沒錯。她應該騎著一匹乳白色駿馬過來才對，而不是坐那輛非常老舊的戴姆勒汽車[14]。」我好奇地加上一句：「不知道她都在想什麼。」因為伊莎貝拉在這次的拜訪中很少說話。她坐姿筆挺，臉上掛著甜美卻若有所思的笑容。任何人與她攀談，她都禮貌地回應，但不大需要她繼續對談，因為那三個老太太主導了大部分的談話。我在想，不知道她來這趟是否覺得很無聊，還是她對聖盧新出現的人事物有興趣。我想她的人生應該滿單調乏味的。

我好奇地問：「她在戰爭時沒有被徵召嗎？」

「她才十九歲，離開學校之後就替紅十字會開車。」

「學校？」我很驚訝，「你是說她上過學？寄宿學校嗎？」

「對，在聖尼尼安。」

我更驚訝了，因為聖尼尼安是一所昂貴且跟得上時代的學校，不是男女合校或什麼搞怪的學校，而是一所因其現代化外觀而自豪的機構，它絕不是那種很時尚的女子精修學校。

「你很驚訝嗎？」泰瑞莎問。

「對，你知道嗎，我真的很驚訝，」我緩緩地說，「那個女孩給人一種她從未離開過家的感覺，而且是在中世紀的環境中長大，和二十世紀完全沒有任何接觸。」

泰瑞莎沉思地點點頭。「對，」她說，「我懂你的意思。」

羅伯特跟著附和說，這顯示出家庭環境和遺傳的個性，是唯一對人有影響力的因素。

「我還是在想，」我好奇地說，「不知她都在想些什麼……」

「也許，」泰瑞莎說，「她根本不想事情。」

泰瑞莎的說法讓我笑了出來。可是我腦子裡對這個瘦巴巴的奇特女孩仍然感到好奇。在那段特別的日子裡，我因為強烈意識到自己殘廢的身體而飽受折磨，已經到了病態的程度。以往我是個健康、好動的人，我很不喜歡有病痛或是肢體殘缺這類的人，連看都不想看一眼。我很有同情心，沒錯，但憐憫的同時總帶著些許排斥與厭惡。

而現在，我自己就是個讓人同情與厭惡的對象，一個癱瘓、殘廢、雙腳扭曲、臥在躺椅上

14 戴姆勒（Daimler），是英國汽車廠牌，與德國的 Daimler 公司不同。

的人，身上還蓋著一條毯子。

我縮著身子，敏感地等著看別人對我的現狀的反應。無論什麼反應，總讓我退縮。仁慈憐憫的眼神對我來說實在糟透了，那些試圖假裝我完全正常的圓滑言談也一樣糟糕，好像來訪者沒發現我身上有什麼不尋常似的。要不是泰瑞莎有鋼鐵般的意志，我會把自己關起來，什麼人也不見。然而泰瑞莎一旦決心要做什麼，可不容易對抗。她堅決不讓我成為隱居者，她不用多說什麼就暗示出：我把自己關起來搞得很神祕，等於是在自我宣傳。我知道她在做什麼，也知道她的用意，但我還是被她成功激將。我狠下心，要向她證明我承受得了，不管什麼都可以！同情、圓滑、特別親切的語氣、刻意避免提及任何意外或殘疾，或是假裝我和其他男人一樣，我都用一張撲克臉概括承受。

幾位老太太看到我時的反應，沒有讓我太尷尬。聖盧夫人採用圓滑的策略避開。崔西莉安夫人是很有母性的那種，她無法克制地流露出母親般的憐憫之情，還刻意提起最近的新書，這實在有點明顯，她想說也許我看過。查特利斯太太是比較遲鈍的那種，她唯有在談到比較激烈血腥的運動時，才表現出格外留意自己的言行（可憐鬼，絕不能提到打獵或獵犬）。

只有那個女孩，伊莎貝拉，自然到出乎我意料之外。她看著我的時候，眼神一點也沒有閃避，她看著我的樣子，就好像在腦子裡把我和屋裡其他的人及家具都盤點了一次。一個男子，超過三十歲，傷殘……像目錄上的一件物品，一系列和她無關的東西。

她看過我之後，眼神移到那架平台鋼琴上，然後再移到羅伯特和泰瑞莎那尊立在餐桌上的陶瓷馬上。陶瓷馬似乎引起她相當的興趣。她問我那是什麼，我便告訴她。

「你喜歡嗎？」我問她。

她在回答之前非常仔細地想了想，然後說「喜歡」，而且賦予了這兩個字相當的分量，好像它們很重要。

我心想，她是不是智能不足？

我問她喜不喜歡馬。

她說她以前沒看過。

「不，」我說，「我是說真的馬。」

「喔，原來如此。是啊，我喜歡馬，但沒辦法去打獵。」

「你想要打獵嗎？」

「沒有特別想，這附近沒什麼好地方。」

我問她有沒有搭船航行過，她說有。然後崔西莉安夫人開始和我談書，伊莎貝拉又陷入沉默。後來我發現她有個高超的技能，那就是保持安靜。她可以靜靜坐著，既不抽菸也不蹺腳，雙腿不會搖來晃去，也不會玩手指或摸頭髮，她只是靜靜地且直挺挺地坐在那張高大的搖椅上，雙手放在大腿上。那是一雙修長的手。她像陶瓷馬那樣動也不動，只是它在桌上，而她在椅子上。我心想，他們有種共同的特質：裝飾繁複、靜止不動，屬於一個過去的年代……

泰瑞莎說她沒有在想事情時，我笑了，但後來我發現也許真是如此。動物並不思考，牠們的腦子是放鬆的、被動的，除非遇到需要應變的緊急狀況。思考（這個詞在理論上的意義）真的是一種非常高度人為的過程，我們一邊學習，一邊也經歷不少麻煩。我們擔心昨天做的事，爭辯今天要做的事，還有明天會發生什麼事。但昨天、今天和明天的存在完全獨立於我們的思考之外，它們早已發生或是尚未到來，不管我們做什麼都沒有影響。

泰瑞莎對我們在聖盧生活的預測非常準確。我們幾乎立刻全身投入政治裡。浦諾斯樓的建築大而分散，在收入因加稅而日漸減少的情況下，艾米．崔格麗絲姑婆關閉了其中一側，並在旁邊加了個獨立廚房，它本來是要提供給從轟炸區撤離出來的人使用，但這些在隆冬時節從倫敦來避難的人受不了浦諾斯樓的可怕；聖盧鎮有商店和度假小屋，他們是可以生活，但浦諾斯樓位於鎮外一英里，「得沿著那彎曲得要命、滿是爛泥的小巷弄走，而且還沒有路燈，誰都可以從樹籬後面跳到你身上。蔬菜也都沾滿了園裡的泥巴，太多綠色的東西了，還有牛奶，剛從牛身上擠出來，有時還熱呼呼的，噁心死了，而且永遠沒有方便的濃縮奶！」對普萊斯太太、哈第太太和她們的小孩來說，真的無法忍受。她們在天剛亮的時候偷偷離開，把孩子帶回危機四伏的倫敦。她們人不錯，離開時所有地方都擦得乾乾淨淨，還在桌上留了字條：

「女士，謝謝您的慷慨，我們知道您已經盡了全力，但住鄉下實在太可怕了，小孩子還得踩著爛泥巴去上學。不過還是非常感謝您。我希望所有東西都收拾好了。」

分派寄宿的軍官後來就不再嘗試，他學聰明了。因此，崔格麗絲姑婆自然而然就把空著的一側租給了卡斯雷克上尉。他是保守黨的代表，同時也是空襲執行長及地方自衛隊的軍官，可說非常忙碌。

羅伯特和泰瑞莎非常樂意讓卡斯雷克一家續租。事實上，我懷疑他們根本沒辦法拒絕他。然而這樣的結果就是，選前許多活動都在浦諾斯樓周遭以及聖盧大街上的保守黨辦事處舉行。

果然不出所料，泰瑞莎被捲入這波漩渦之中。她開車、發傳單，還進行初步的拉票活動。聖盧近年來的政治局勢並不穩定，雖然它現在是時髦的濱海度假地，以前卻是個漁村，而且周圍都是農地，選民過去當然都是投給保守黨的人；外圍的農業地區則是保守黨的天下。不過，聖盧的特色在過去十五年間有了改變，夏天時此地是觀光勝地，很多旅社和藝術家小屋像出疹子般在山崖擴散，現在的主要人口多半是嚴肅、帶有藝術氣息與文化素養的人，在政治方面，就算不是大紅色，也一定是粉紅[15]。

一九四三年，喬治．波洛戴爾爵士在第二次中風後，以六十九歲的年紀退休，因此辦了補選。讓老居民非常恐慌的是，聖盧史上第一位工黨的國會議員當選了。

「注意，」卡斯雷克上尉說，一邊抬起腳尖前後搖晃，一邊告訴泰瑞莎和我過去的歷史，「我的意思並不是說我們輸得很冤枉。」

卡斯雷克是個瘦小、黝黑的男子，長得像匹馬，有雙銳利、幾近狡猾的眼睛。他在一九一八年加入陸軍勤務隊，頗具政治天分，對這個領域也很了解。

你得知道，我自己在政治方面還是個新手，我從來沒有真的搞懂過那些術語，對聖盧選舉的描述很可能錯得離譜。我的描述和事實之間的關係，就像羅伯特畫裡的樹和那棵真正的樹之間的關係一樣。真正的樹有樹幹、枝條、樹葉、橡實或栗子，羅伯特的樹則是由一片一片或一點一點厚厚的油彩，依特定形式畫在畫布上，而且顏色出人意料地瘋狂，兩者一點也不像。對我來說，羅伯特的樹根本不像是樹，它們看起來像是一盤盤菠菜，或是外露的天然氣管線。但那是羅伯特對樹的理解。我對聖盧選舉的描述是我對這場政治選戰的印象，與一個政治人物的觀察也許相距甚遠，我極可能把一些術語和程序搞錯了，但對我而言，政治不過是個不重要又模糊的背景，襯托出一個真人大小的影像：約翰．蓋布利爾。

15 紅色為英國工黨的代表色，保守黨的代表色則是藍色。

第四章

第一次聽說約翰・蓋布利爾這個人，是在卡斯雷克向泰瑞莎解釋有關他們要求補選結果的那個晚上。

托齡頓園的詹姆斯・布萊德威爾爵士是保守黨的候選人。他是本地人，有點錢，而且是個很有原則的死忠保守黨員。他為人正直，已經六十二歲，在他身上看不到任何思想的火花，也毫無機智可言，他沒有公開演講的天分，被砲轟時顯得非常無助。

「在台上很可憐，」卡斯雷克說，「非常可憐。呃、啊、嗯個沒完，就是沒辦法說下去。我們當然幫他擬了講稿，重要的集會也總會安排出色的講者和他一起去。這要是十年前還過得去；誠實忠厚的小伙子，在地、正直公正，還是個有教養的紳士。但是現在，他們要求的可不只這些！」

「他們要有頭腦的？」我說。

卡斯雷克似乎不大在意有沒有頭腦。

「他們要機靈點的那種人，精明伶俐，凡事知道答案、幽默風趣。還有，當然他們要那種會承諾一切的人。像布萊德威爾這種老派的人太有良心了，根本說不出那種話。他不會說所有人都會有房子、明天戰爭就會結束，以及每個女人都會有中央空調和洗衣機。」

「還有，當然，」他繼續說，「鐘擺開始左右晃了，我們已經執政太久，民眾想要換人。另外那個傢伙，威爾布萊漢，能力很強，做事認真，當過老師，因為身體因素自陸軍退役。他天花亂墜地說了一堆要怎麼處裡返國的退役軍人，還有關於國有化和醫療保險之類的老生常談；我的意思是，他把自己包裝得很好，最後得到多數人的支持，超過兩千票。這樣的事在聖盧史上是第一次發生，真是把我們氣死了。我們這次要做得好一點，得把威爾布萊漢弄下來。」

「他的支持度很高嗎？」

「普普通通，沒花什麼錢在這個地方，不過他負責任，態度又好，要贏過他不容易。我們在全國都要加把勁。」

「你不認為工黨會贏嗎？」

在一九四五年的選舉以前，我們都不認為工黨有贏的可能。

卡斯雷克說，工黨當然不會贏，整個郡穩穩地都是邱吉爾的天下。

「但我們不會像以往那樣得到全國多數的支持。當然啦，要看自由黨的得票數如何。老實說，諾瑞斯太太，如果自由黨的票數激增，我並不會感到驚訝。」

我從旁邊瞄了泰瑞莎一眼，她正試著擺出一副對政治很熱衷的表情。

「我相信你會幫我們很大的忙。」卡斯雷克誠摯地說。

泰瑞莎喃喃地說：「我恐怕不是個有抱負的政治人物。」

卡斯雷克輕鬆地說：「我們所有人都得努力。」

他看看我，一副工於心計的樣子。我立刻說，我可以負責抄寫信封上的住址。

「我的手還可以用。」我說。

他的臉上立刻顯現尷尬的表情，然後又開始抖腳。

「好極了！」他說，「好極了。你是在哪裡受傷的？北非嗎？」

我說我是在哈洛路上受傷的。這話可讓他接不下去了，臉上的尷尬強烈到會傳染。

他亂槍打鳥地想找個台階下，於是轉向泰瑞莎。

「你先生，」他說，「他也會幫我們吧？」

泰瑞莎搖頭。「他恐怕……」她說，「是個共產黨員。」

就算她說羅伯特是條黑曼巴蛇，都不會讓卡斯雷克這麼不快，他甚至在顫抖。

「你知道，」泰瑞莎解釋，「他是個藝術家。」

聽到這個，卡斯雷克稍微開心了點。藝術家、作家，那類的人啊……

「我了解，」他開明地說，「好，我了解。」

「這樣羅伯特就不會被扯進去了。」泰瑞莎後來對我說。

我告訴她，她真是個沒原則的女人。

羅伯特回來之後，泰瑞莎告知他的政治信仰。

「但我從來就不是共產黨員啊！」他抗議，「我是欣賞他們的想法沒錯，我認為這種意識形態整體而言是正確的。」

「沒錯，」泰瑞莎說，「這就是我告訴卡斯雷克的。我們偶爾可以攤開馬克思[16]的書，放在你椅子的扶手上，這樣你就不會被叫去做任何事了。」

「泰瑞莎，你都安排得很好，」羅伯特懷疑地說，「要是另一邊的人跑來找我，怎麼辦？」

泰瑞莎安撫他。

「他們不會的。在我看來，工黨比保守黨還怕共產黨人。」

「我想知道，」我說，「我們的候選人是個怎麼樣的人？」

因為卡斯雷克在這件事情上說得有點模糊。

泰瑞莎之前曾問過詹姆斯爵士是否會再次競選，卡斯雷克搖頭。

「不會，這次不行。我們這次得打一場轟轟烈烈的仗。我不知道會怎麼發展，我相信選戰會很激烈。」他看起來很困擾。「他不是本地人。」

「他是誰？」

「一個叫蓋布利爾的少校，得過維多利亞十字勛章。」

「在這次大戰中拿的？還是上次？」

「喔，是在這次，他還很年輕，三十四歲。戰績輝煌，因為『非比尋常的冷靜、英勇及克盡職守』而獲頒維多利亞十字勛章。他當時身處於敵軍烽火不斷的薩萊諾[17]，負責機關槍的指揮勤務。雖然只剩一名隊友，而且他自己也受了傷，他仍然堅守崗位，直到子彈全部用罄。之後他回到主戰場，用手榴彈炸死幾名敵軍，然後將受重傷的隊友拖回安全地方。很精采，是不是？可惜他長得不怎麼樣，一個矮小的傢伙。」

16 馬克思（Karl Marx, 1818-1883），德國哲學家、思想家，是社會主義與共產主義之父，其著作《資本論》對二十世紀造成極大影響。

17 薩萊諾（Salerno），義大利西南部城市，為薩萊諾省首府。

「他過得了公開演講那一關嗎？」我問。

卡斯雷克的神情亮了起來。

「喔，那個他沒問題，機靈得很，你知道我的意思。反應快得像閃電，也很會逗人笑。不過要提醒你，有些笑話還滿低俗的……」卡斯雷克的臉上閃過一絲厭惡的表情，我發現他是個典型的保守黨員，寧願無聊得要命，也不要譁眾取寵。「不過標準降低了，是啊，標準降低了。」

「當然，」他補充說，「他沒有背景……」

「你說他不是康瓦爾郡人？」我說，「那他是哪裡人？」

「老實說，我不知道……他哪裡也不是；你知道我的意思吧？我們最好不要提這些。要強調戰爭的部分，像是英勇為國這類的。他可以代表，你知道，普羅大眾，那些平凡的英國人。當然啦，他不是我們通常會找的類型……」他似乎對這點有些不開心，「我怕聖盧夫人對他不是很滿意。」

泰瑞莎有技巧地問，取得聖盧夫人的同意是不是很重要？顯然確實很重要。聖盧夫人是保守黨婦女會的總召集人，而保守黨婦女會在聖盧很有勢力，很多事情都是她們在運作與管理，或是由她們發起。因此卡斯雷克說，她們對婦女票有很大的影響力。他說，對婦女票總是要很小心。

然後他的臉色好一點了。

「那是我對蓋布利爾有信心的原因之一，」他說，「他對女人很有辦法。」

「但對聖盧夫人沒用？」

卡斯雷克說，聖盧夫人的態度很好——她坦白承認自己比較老派，可是她會全力支持黨團認為必要的決定。

「畢竟，」卡斯雷克難過地說，「時代不同了，以往政治界也有紳士，現在則是少得可憐。我很希望這人是個有教養的紳士，但他不是，事情就是如此。如果不可能有紳士，我想找個英雄就是第二好的選擇了。」

這句話簡直可以列為名言警句了，我在他離開後對泰瑞莎這麼說。

泰瑞莎微微笑。接著她說，她為蓋布利爾少校感到遺憾。

「你覺得他是個怎麼樣的人？」她說，「很糟糕嗎？」

「不，我覺得他是個不錯的人。」

「因為他得過維多利亞十字勳章？」

「老天，當然不是啊。只要夠莽撞或甚至夠笨，就可以弄到維多利亞十字勳章了。你知道，大家都說佛萊迪・艾爾頓那個老傢伙得到維多利亞十字勳章，就是因為他笨到不知道什麼時候要從前進位置退下來。他們把那種行為叫做『面臨難以克服的難關時仍堅忍不屈』，其實他只是不知道其他人都已經離開了。」

「你別開玩笑了，修。為什麼你覺得這個蓋布利爾一定是好人？」

「很簡單，因為卡斯雷克不喜歡他。卡斯雷克會喜歡的，都是一些非常愛擺架子、自命不凡的人。」

「你要說的是，你不喜歡可憐的卡斯雷克上尉？」

「他有什麼可憐？卡斯雷克擔任這個工作是如魚得水、勝任愉快，很棒的工作啊！」

「這比其他工作更糟吧？這工作很辛苦啊。」

「沒錯，是很辛苦。但如果你一輩子都在盤算『這件事』對『那件事』有什麼影響，到最後你會連這件事和那件事到底是什麼都不知道。」

「和現實脫節嗎？」

「對，政治到頭來不就是如此？人們所相信的、所能忍受的、可以被操縱的思維，從來都不是單純的真相。」

「啊！」泰瑞莎說，「我從來沒有認真看待政治，還真是做對了。」

「你一直是對的，泰瑞莎。」我說，然後送了個飛吻給她。

我自己一直到在軍事訓練廳舉辦的大會上，才見到這位保守黨的候選人。

泰瑞莎想辦法幫我弄到了一張加了輪子的新型躺椅，可以把我推到陽台，躺在戶外有遮蔭的地方。等到移動躺椅漸漸不會造成我的疼痛，我就可以去更遠的地方。有時我會被推去聖盧。軍事訓練廳的大會在下午舉行，泰瑞莎安排我到現場。她保證，這場會議一定很有娛樂效果。我回應說她對娛樂的定義非常奇特。

「你等著看吧。」泰瑞莎說著又補上一句，「看每個人都那麼煞有其事的樣子，一定會讓你覺得很有趣。」

「而且，」她繼續說，「我會戴帽子去。」

泰瑞莎除了參加婚禮之外是不戴帽子的。她跑去倫敦，然後買了一頂帽子回來，根據她的說法，那頂帽子非常適合保守黨的女人。

「那請問，」我問，「保守黨的女人適合戴什麼樣的帽子？」

泰瑞莎鉅細靡遺地作了如下回答。

她說，帽子的材質一定要很好，不能太寒酸，也不能太時髦；尺寸要恰到好處，而且不能太輕浮。

接著她拿出那頂帽子，果然全都符合她所說的條件。

她戴上那頂帽子，羅伯特和我都鼓起掌來。

「超棒的，泰瑞莎。」羅伯特說，「它讓你看起來很認真，就好像你的人生很有目標。」

所以，你就可以了解，為了看到泰瑞莎戴著那頂帽子坐在台上，我在一個美好的夏日午後進了軍事訓練廳。

軍事訓練廳裡擠滿了看來很富有的老年人；所有四十歲以下的人都在海邊享樂（我認為這是明智之舉）。就在一位男童軍小心翼翼地把我的躺椅推到前排座位、靠近牆壁的絕佳位置時，我思考著這種會議的效益。這裡的所有人肯定都會投票給保守黨，我們的對手正在女子學校舉辦反對黨的集會，他們大概也是和一群死忠的支持者集會。這麼一來，究竟要如何影響公眾輿論呢？仰賴裝了擴音器的宣傳車？還是戶外集會？

一小群人窸窸窣窣上台的腳步聲打斷了我的思緒。直到目前為止，台上只有幾張椅子、一張桌子和一杯水。

那群人低聲交談、比劃了一番，最後終於坐在該坐的位置上。泰瑞莎戴著那頂帽子，被安頓在第二排，和其他地位沒那麼高的人坐在一起。

主席、幾位步履蹣跚的老紳士、總部發言人、聖盧夫人、另外兩位女士以及候選人，在第一排坐下。

主席開始發言，聲音略為顫抖，但滿好聽的。他嘀咕說的那些陳腔濫調，幾乎沒人聽得見。他是位年邁的將軍，在波爾戰爭有傑出的表現。（還是在克里米亞戰爭[18]的時候？我問自己。）不管是哪一場戰爭，必定是很久以前的事了。我想，他喃喃訴說的那個世界早已不存在……宛如蘋果般悅耳的細小聲音停止了，立刻響起一陣熱烈的掌聲；在英國，這種掌聲通常是給經得起歲月考驗的朋友的。聖盧所有人都知道這位年邁的將軍，他們說，這個老傢伙很好，算是老一派的人。

他在做結語的時候，介紹一位新一派的人給大會認識，即保守黨候選人蓋布利爾少校，維多利亞十字勳章得獎人。

就在這時候，崔西莉安夫人深深嘆了一口氣，我這才突然發現，她坐在離我不遠的某排座位最後一個位子（我懷疑是她的母性本能讓她坐在那裡的），她煞有其事地吸了一口氣：「他的腿這麼普通，真是可惜。」

我立刻明白她的意思，然而我一輩子也沒辦法告訴你什麼樣的腿算普通、什麼又不算。蓋布利爾的個子並不高；以他的身高而言，我應該說，他的腿算是正常，不會太長也不會太短。他的西裝很合身，但毋庸置疑，褲子裡的那雙腿並不屬於紳士的腿。難道紳士的風度取決於下面兩條腿的結構與姿態嗎？這是一個有待智囊團解決的問題。

蓋布利爾的臉倒是沒有洩他的底，醜歸醜，還滿有趣的，他有雙非常漂亮的眼睛，那雙腿卻總是讓他現出原形。

他站起來露出微笑（很有魅力的笑容），開口發言，他的聲音單調，帶有一點倫敦土腔。他說了二十分鐘，而且說得很好。別問我他說了什麼。要我隨便說說的話，我會告訴你他說了些平常會說的事，說話的方式也和平常差不多。但他說服了大家。這個人有種能量，讓你忘了他長什麼樣，忘了他難聽的聲音和口音，只留下他是非常認真、對目標專注而堅定的正面印象。你感覺這個人一定會全力以赴，誠心誠意。就是這個，誠心誠意。

你感覺到，沒錯，他在乎，他在乎住宅問題，還有無法建立家庭的年輕夫婦；他在乎待在國外多年即將歸國的士兵，在乎產業安全的提升，還有降低失業率。他不顧一切地，希望看到國家繁榮，因為所謂的繁榮指的是組成國家每個小小分子的幸福與快樂。偶爾，他的話裡會突然閃過一絲低俗易懂的幽默火花，都是很明顯的笑話，是以前說過很多次的那種笑話。因為人們對這些笑話如此熟悉，一股撫慰的感覺油然而生。但重要的不是他的幽默，而是他的認真。等到大戰終於結束、日本退出的時候，和平就要來了，那時會做事就很重要。他，就是會做事的人，如果他們投票給他的話……

就是這樣。我發現，整場演說完全是他的個人秀；我不是指他忽略了黨的口號，他沒有。所有該說的他都說了，他提到政黨領導人，口氣充滿熱忱與景仰之情，也提到大英帝國。他完全正確。但他希望你支持的是約翰．蓋布利爾少校這個人，而非只因為他是保守黨候選人。約翰．蓋布利爾少校會把事情做好，而且他熱切地關心他們應該把這些事情做好。

在場聽眾喜歡他。當然，他們在來之前就打定主意要喜歡他。這些人本來就是死忠的保守黨員，可是我感覺他們比自己預期的還要喜歡蓋布利爾，我覺得他們看起來甚至振作了點。於是我告訴自己，而且很滿意這個想法：「當然，這個人可是個發電機呢！」

18 克里米亞戰爭（Crimean War），一八五三至五六年發生於俄羅斯帝國與鄂圖曼帝國、法蘭西帝國、不列顛帝國、薩丁尼亞王國之間的戰爭，最後俄羅斯帝國戰敗。

熱烈的掌聲結束後，他們介紹總部發言人。他很優秀，說的事情都對，該停頓的地方都有停，也讓聽眾在對的點上發出笑聲。我得承認，我分心了。

會議依照一般程序結束。

所有人起身往外走的時候，崔西莉安夫人站到我身旁。我想得沒錯，她是在扮演守護天使。她用她那氣喘吁吁的聲音說：「你覺得怎麼樣？告訴我你的想法好嗎？」

「他不錯，」我說，「非常好。」

「我好高興你這麼認為。」她深深地嘆了一口氣。

我不知道我的意見對她有什麼重要，接下來她說的話做了部分的解釋：「我不像艾狄蕾或茉德那麼聰明，我從來沒研究過政治，而且我比較老派。我不大喜歡國會議員可以領薪水這件事，一直不能習慣。這應該是為國效力的事，不應該有報酬。」

「崔西莉安夫人，不是所有人都過得起只為國家效力的日子啊。」我指出。

「我知道不行，在這個時代是不可能了，但我覺得很可惜。我們的議員應該由不用工作賺錢的階級出任，這個階級的人才能真的不求私利。」

我不知道要說什麼。「親愛的夫人，你從諾亞方舟出來的啊？」

不過，發現英格蘭還有這麼一個保留這種過時想法的地區，也是滿有趣的。統治階級、管理階級、上流階級，都是可惡的說法；然而老實說，不也有點道理？

崔西莉安夫人繼續說：「我父親以前是議員，你知道。他當了三十年加瑞維西的國會議員。他覺得這個工作占了他非常多時間，而且讓人很疲累，不過他認為那是他的義務。」

我的眼神飄向台上。蓋布利爾少校正在和聖盧夫人講話。他那雙腿非常不自在。蓋布利爾少校認為出任國會議員是他的義務嗎？我感到很懷疑。

「我覺得，」崔西莉安夫人跟著我的眼神望去，「他看起來很誠懇，你不覺得嗎？」

「我也是這麼覺得。」

「而且談到親愛的邱吉爾先生時說得那麼好……我想，全國上下無疑都是支持邱吉爾先生的，你不這麼認為嗎？」

我當時確實同意這個說法；或者說，當時我覺得保守黨肯定會以些微的領先票數重新執掌政權。

泰瑞莎走到我身邊，然後那個男童軍也出現了，準備推我回去。

「還愉快嗎？」我問泰瑞莎。

「很愉快。」

「你覺得我們的候選人怎麼樣？」

她直到我們離開訓練廳後才回答：「我不知道。」

第五章

幾天後我見到了我們的候選人，他過來和卡斯雷克商量事情。卡斯雷克便把他帶來和我們喝點東西。

泰瑞莎的教會工作有些問題要處理，於是她和卡斯雷克離開房間去釐清狀況。

我向蓋布利爾說抱歉，因為我站不起來，然後告訴他飲料的位置，請他替自己倒一杯。我注意到他給自己倒了一杯烈酒。

他拿了一杯給我，同時說：「打仗受傷的嗎？」

「不是，」我說，「是在哈洛路受傷的。」現在這已經是我的標準答案了，而且我漸漸從每個人的不同反應中找到一些樂趣。蓋布利爾覺得很有趣。

「你這樣說太可惜了，」他說，「白白浪費這項優勢。」

「你要我編一個壯烈的故事嗎？」

他說沒有必要編造任何故事。

「你只要說『我去過北非』，或是緬甸，還是隨便一個你真的去過的地方。你出過國吧？」

我點頭。「阿來曼[19]，還有附近的地方。」

「這就對了，就說阿來曼，這樣就夠了，沒有人會問細節，他們會以為自己都知道。」

「值得這樣做嗎？」

「嗯，」他想了想，「在女人身上就值得。她們很愛受了傷的英雄。」

「我知道。」我心裡很不是滋味。

他點點頭，立刻就明白了。

「對。有機會得帶你去城裡，那裡女人很多，有些很有母性。」他拿起喝完的空玻璃杯。

「我可以再喝一杯嗎？」

我鼓勵他這麼做。

「我待會要去聖盧城堡吃晚餐，」他解釋，「那個死老太婆搞得我很焦慮！」

我們很有可能是聖盧夫人最要好的朋友，但我想他很清楚我們不是，所以才這樣跟我說話。蓋布利爾很少犯錯。

「聖盧夫人嗎？」我問，「還是她們所有人？」

「我沒留意那個胖的，她是那種可以很快控制住的人。至於查特利斯太太，她根本是匹馬，和她嘶嘶叫幾聲就沒事了。但聖盧夫人是那種可以把你看透的人，不能和她玩任何花招。」

他補上一句：「我也沒有要玩花招啦。」

他深思後又說：「你知道，如果你和真正的貴族對立，那你就輸了，沒指望了。」

19 阿來曼（El Alamein），埃及馬特魯省（Matrouh Governorate）北部城市，緊鄰地中海，是二次世界大戰的戰場。

我說：「我不是很了解你的意思。」

他露出微笑。

「嗯，你知道，從某方面來說，我不屬於這個陣營。」

「你是說你在政治上不是保守黨黨員？」

「不，不是這個。我是說我不是他們那種人，他們喜歡，總忍不住喜歡老派的那一掛。當然啦，現在他們不能太挑剔，他們需要我這種人。」他想了想又說，「我老爸是水管工人，而且還不是個很好的水管工人。」

他看著我，然後眨了眨眼，我微笑以對。那一剎那我被他的魅力收服了。

「對，」他說，「我的票是投給工黨的。」

「但是你不相信他們的政策？」我問。

他輕鬆地說：「喔，我沒有什麼相不相信，對我來說，這純粹是權宜之計。我需要工作。戰爭差不多結束了，待遇好的工作很快就要被搶光了。我一直覺得自己可以在政治圈闖出名堂，你等著看好了。」

「所以你才加入保守黨？你想加入未來會執政的那一黨？」

「老天爺！」他說，「你覺得保守黨會贏，是嗎？」

我說我確實是這樣想的，不過贏的票數會減少。

「亂講！」他說，「工黨會橫掃全國，他們會贏得很漂亮。」

「但是……如果你這樣想……」

我停了下來。

「為什麼我不想加入會獲勝的那一邊？」他露出笑容。「親愛的朋友，這就是我不加入工黨的原因，我不想淹沒在人群之中。反對黨才適合我。何況保守黨到底是什麼？整體來說，不過是一群腦袋糊里糊塗的沒用傢伙，加上一些不像商人的商人罷了。他們沒救了，沒有政策，而且年紀都有六、七十歲了，任何有點能力的人都可以輕鬆看出來。你看著好了，我會像火箭一樣一飛沖天！」

「如果你選上的話。」我說。

「噢，我會選上的啦。」

我好奇地看著他。「你真的這麼想？」

他再度露出笑容。

「只要我別做蠢事就好。我有我的弱點。」他喝光杯裡剩下的酒。「主要是女人，我必須遠離女人。在這裡不會太困難，雖然聖盧酒吧那裡有個不錯的妞，你見過她嗎？不，」他的眼神落在我動彈不得的身上，「抱歉，你當然沒見過。」他忍不住加了一句，感覺是出自真感情，「運氣不好啊！」

我第一次不痛恨別人的同情，感覺是自然流露。

「告訴我，」我說，「你對卡斯雷克也這樣說話嗎？」

「那個笨蛋？老天爺，當然不會。」

從那個時候我就一直在想，蓋布利爾為什麼在第一次見面的那個晚上就對我這麼坦白。我後來的結論是：他很寂寞。他演得很好，但是在逢場作戲的每一幕之間沒什麼機會讓他放鬆一下。他也知道，他那時肯定就知道，一個殘廢又不能動彈的人最終很自然地會扮演傾聽者的角色。而我需要一些消遣，蓋布利爾很願意把他生活中的插曲讓我當作娛樂。況且，他天生就是個坦白的人。

我有點好奇地問他，聖盧夫人在他面前是什麼樣子。

「高明得很，」他說，「高明得不得了——討厭的眼睛！她就是靠那東西把我看透透；完全沒有破綻，也不會有破綻，她很了解自己的本事。這些老巫婆，如果她們要對你無禮，就會無禮到讓你喘不過氣來。而如果她們不打算無禮，你怎麼逼也沒用。」

我有點想不透他為何這麼激動，對他來說，一個像聖盧夫人那樣的老太太是否對他無禮，我不覺得有什麼重要。她當然一點也不重要，她根本屬於上個時代的人。

我也這樣對他說，然後他古怪地斜眼瞄我。

「你不會懂的。」他說。

「沒錯，我是不懂。」

他低聲說：「她覺得我很下賤。」

「老兄，你說什麼？」

「他們『看』著你，就像眼神穿透你那樣。你不算數，他們眼裡根本沒有你。對他們來說，你根本不存在，你只是個送報的小弟，或是送魚的。」

這時，我知道蓋布利爾的過去開始作祟。這個水管工的兒子想起很久以前遭遇到的一些不經意、微不足道的無禮對待。

他說了我正想說的話。

「喔，是啊，」他說，「我懂。我有階級意識。我痛恨上流社會那些傲慢的女人，她們讓我覺得自己無論做什麼都不會有成就。對她們來說，我永遠是下賤的；你懂吧，她們知道我真正的身分。」

我很驚訝，沒想到看見的是這麼深的憎恨。那是恨，難以撫慰的憎恨。我心想，過去究竟發生了什麼事情，到今天仍在蓋布利爾的潛意識裡發酵、讓他痛苦不已？

「我知道他們不算什麼，」他說，「我知道他們的時代已經結束了。他們現在住在搖搖欲墜的房子裡，收入也縮減到幾乎沒有了，在全國各地都是如此。許多人連食物都不夠吃，只能仰賴菜園裡種的蔬菜維生，而且大多數人要自己做家事。不過他們有個我得不到，而且也永遠不會有的東西，那就是他們該死的優越感。我不比他們差，很多時候甚至比他們更好，但是和他們在一起的時候，我就是感覺不到。」

然後他突然大笑一聲。

「別理我，我只是發洩一下。」他看向窗外。「一座虛假、華而不實的城堡，有三隻老烏鴉，還有一個瘦得像竹竿的女孩，裝模作樣到一句話都不和你說。我猜，她就是那種即使隔著很多墊子仍感覺得到床下有豌豆的女孩。」

我露出微笑。

「我一直覺得，」我說，「〈豌豆公主〉[20]是個相當誇張的童話故事。」

他緊咬住兩個字。

20〈豌豆公主〉（Princess and the Pea），安徒生童話之一，皇后為了測試女孩是否為真正的公主，在她床上放了一顆豌豆，上面鋪了許多床墊和棉被。結果公主表示睡得不好，證明她確實是真的公主，因為只有真正的公主細嫩的皮膚可以感受到一顆豌豆的存在。

「公主！她就是那副德性，她們就是這樣對待她的，好像她是從故事書裡跑出來的皇室成員。她不是公主，只是個真實存在的平凡女孩。總之，她應該就是個平凡的女孩，看她的嘴唇就知道。」

這時，泰瑞莎和卡斯雷克回來了。不久，卡斯雷克和蓋布利爾便離開。

「要是他不急著離開就好了，」泰瑞莎說，「我本來想和他聊聊的。」

「我想，」我說，「我們之後應該會常看到他。」

她看著我。「你很感興趣，」她說，「對不對？」

我想了一下。

「自從我們搬來之後，」泰瑞莎說，「這是我第一次看到有事情引起你的興趣。」

「看來我是比我自己想的還要關心政治。」

「喔，」她說，「不是政治，是那個男人。」

「他確實是個很活躍的人，」我承認，「可惜長得這麼難看。」

「他的確長得難看。」她想了想，補了一句，「不過倒是很有吸引力。」

我非常訝異。

泰瑞莎說：「不要那樣看我。他是很有吸引力啊，所有女人都會這樣跟你說。」

「嗯，」我說，「我很驚訝，我從來不覺得他是那種會吸引女人的男人。」

「那你就錯了。」泰瑞莎說。

第六章

隔天，伊莎貝拉．查特利斯替聖盧夫人送了一封短箋給卡斯雷克上尉。我在露台上曬太陽。她送過短箋後沿著露台走來，然後在離我不遠的一張雕刻石椅坐了下來。

如果是崔西莉安夫人的話，我應該會感受到一種對瘸了腿的狗所展現的溫柔親切，但伊莎貝拉顯然一點也不擔心我。我從來沒見過比她更不在意的。她安安靜靜地坐了好一會兒，然後說她喜歡陽光。

「我也是，」我說，「不過，你的皮膚不會很黑。」

「我不會曬黑。」

她的肌膚在明亮的光線下顯得十分美麗，有種好似木蘭花的潔白。我注意到她的臉上散發著一股傲氣，難怪蓋布利爾稱她是公主。

因為想到他，於是我說：「蓋布利爾少校昨天晚上和你們吃飯，對不對？」

「對。」

「你有去聽他在軍事訓練廳的演講嗎？」

「有。」

「我沒看到你。」

「我坐在第二排。」

「那你喜歡嗎？」

她想了一下才回答，「不喜歡。」

「那你為什麼要去？」我問。

她又想了一下後回答，「那是我們會做的事情之一。」

我感到很好奇。「你喜歡住在鄉下嗎？你快樂嗎？」

「快樂。」

我突然發現，老是回答得這麼簡短是很奇怪的事，大部分的人都會進一步解釋一番。正常人的回答會是「我喜歡靠海的地方」，或是「這是我的家鄉……」「我喜歡鄉下……」「我喜歡待在這裡……」這個女孩卻只說一、兩個字就滿意了。然而她那一、兩個字卻出奇地有力，對就是對，堅決而肯定的正面回應。她的眼神飄向城堡那邊，嘴邊露出淺淺的笑容。

我知道她讓我想起什麼了。她像西元前五世紀雅典衛城的那些石雕少女，她們臉上也有那種不像人的細緻微笑。

所以，伊莎貝拉和那三個老女人在聖盧城堡生活得很快樂，像現在這樣坐在陽光下看著城堡，她就感到快樂。我幾乎可以感覺到她籠罩在一種寧靜自信的幸福之中，然後突然間我有點害怕，為她感到害怕。

我說：「伊莎貝拉，你一直過得很快樂嗎？」

她還沒開口我就知道答案了，雖然她想了想才說：「對。」

「在學校也是嗎？」

「對。」

不知道為什麼，我沒辦法想像伊莎貝拉在學校的樣子，她完全不像英國寄宿學校的產物。不過，學校可能就是需要有各式各樣的人吧。

露台對面有隻棕色松鼠跑了過來，牠坐直身體看著我們，嘰嘰喳喳一陣之後衝向另一邊，然後爬到樹上。

我忽然感覺到這萬花筒般的宇宙開始轉換，變成另一種不同的形式。現在我所看到的是一個感知的世界，在這個世界裡「存在」本身就是一切，想法及思考都不重要。這裡只有早晨和傍晚、白晝和黑夜、食物和飲水、冷和熱；只有動作、目的，以及還不知道何謂意識的意識。這是松鼠的世界，一個草在長、樹在呼吸的世界。伊莎貝拉屬於這個世界。奇怪的是，我這個殘缺的廢人竟也能在這個世界找到一個位置……

自從那場意外以來，我第一次不再反抗……那些痛苦、挫折和病態的自我意識離我遠去。我不再是那個從原來活躍、有企圖心的生涯中硬生生被扯了出來的修．諾瑞斯；我是殘廢的修．諾瑞斯，感受到陽光，感受到這個世界的生氣與活力，還有我自己規律的呼吸，感受到這是前往沉睡旅途上永恆的一天。

這種感覺並沒有持續下去。然而在那個片刻，我發現了一個屬於我的天地，我猜想那就是伊莎貝拉一直以來所生活的世界。

第七章

我想一定是在那之後的一、兩天，有個孩子掉進了聖盧港。一些小孩聚在碼頭邊玩，其中一個在遊戲中邊跑邊叫，結果因為絆倒而跌個倒栽蔥，摔進二十英尺深的水裡。當時潮水漲到一半，港口內水深大約十二英尺。

那時蓋布利爾正好步行經過碼頭，毫不猶豫地跟著那個孩子跳進水裡。碼頭邊聚集了大約二十五個人，在遠處靠近階梯的那一頭，一位漁夫將船推離港口，朝著他們划過去。但就在漁夫到達之前，另一個男人也跳進水裡救人，因為他發現蓋布利爾根本不會游泳。

這起意外最後以喜劇收場。蓋布利爾和孩子都獲救了；那孩子本來失去意識，但經過人工呼吸急救之後很快就恢復了。孩子的母親歇斯底里地、幾乎整個人撲到蓋布利爾身上，哭著向他致謝並祝福他。蓋布利爾淡淡地回應，拍拍她的肩膀，然後趕回國王旅店換上乾衣服，並喝點酒喘口氣。

那天稍晚，卡斯雷克帶他來家裡喝下午茶。

「這是我這輩子所見過最勇敢的事了，」卡斯雷克對泰瑞莎說，「一點都不猶豫。他很可能會溺水呀；他沒溺水真是了不起了。」

但蓋布利爾本人倒是十分謙虛，表示這沒什麼大不了。

「不過是件蠢得要命的事。」他說，「尤其想到其實我可以找救援，或是開船過去。問題是，那時根本沒時間停下來思考。」

泰瑞莎說：「總有一天，你會因為衝動壞了事。」

她的語氣冷冷的，蓋布利爾立刻看了她一眼。

在她把下午茶的東西端出去、卡斯雷克也因為工作而需要先離開之後，蓋布利爾沉思著說：「她很敏銳，對不對？」

「誰啊？」

「諾瑞斯太太啊，她看得清清楚楚，真的不大能騙得過她。」他又說他得小心一點。

然後他問我：「我剛剛的答覆還好嗎？」

我問他到底是在講什麼。

「我的態度啊，我的態度合宜吧？我的意思是，我那副嘲笑整件事情的態度？看得出來我只是個笨蛋的樣子？」

他露出很有魅力的微笑，然後補充說：「你不在意我問你的意見吧？要知道我有沒有達到預期的效果實在很困難。」

「你一定要這樣算計有沒有效果嗎？不能自自然然的嗎？」

他沉思著說，那不大可能。

「我總不能得意地搓著手走進來說：『真是天賜良機啊！』對不對？」

「你真的這樣想嗎？天賜良機？」

「兄弟，我一直在四處走動，就是拚命想遇上類似的事，你知道的，像是馬跑掉了、房子失火了、從車輪下救出孩子這類事情。小孩子是最容易達到令人掉眼淚的效果了。報紙整天在報導撞死人的事情，你會以為這樣的機會很快就出現，但是沒有，若不是運氣不好，就是聖盧的小孩都是一群小心謹慎的小壞蛋，真要命。」

「那個小孩不是拿了你一先令才跳進水裡的吧？」我問。

他很認真地思考我的話，然後回答說這整件事都是自然發生的。

「反正我也不會冒險做這種事。那個小孩可能會告訴她媽媽，到時候我怎麼辦？」

我大笑出聲。

「但重點是，」我說，「你真的不會游泳？」

「我大概可以保持漂浮在水面上划三下。」

「不過這麼一來，你不就冒了很大的險？你有可能會淹死耶。」

「可能會吧，我想……但重點是，諾瑞斯，沒辦法兩全其美呀，你得準備好多少要有點壯烈的表現。反正那附近人很多，但是當然啦，沒人想變成落湯雞，可是一定會有人做點什麼事，就算不是救我，也會去救那個孩子，而且旁邊還有船；在我之後跳下水的那個人把孩子救了起來，然後開船的那個人在我真的要沉下去之前趕到。總之，如果真的溺水了，通常靠人工呼吸也可以救回來。」

他露出特有的迷人笑容。「聽起來實在蠢得不得了，對吧？」他說，「我的意思是，人們真是他媽的傻。我不會游泳還跟著那孩子跳進水裡，比起我如果根據專業救生程序跳進水裡救起她所得到的讚美還要多。現在很多人到處在說我有多麼勇敢，如果他們有點腦子，他們會說這一切蠢斃了。事實上，這件事確實很蠢。那個真正救了人的傢伙，那個在我之後跳下水救了我們兩個的男人，他得不到一半的讚美。他的泳技一流。他那套上乘的西裝毀了，可憐的傢伙，而且我和那個孩子一直在那兒掙扎，只讓他的救援更困難而已。可是沒有人會這樣看事情，也許只有像你嫂嫂這樣的人看得出來，但這種人不多。」

他補充說：「這樣更好，選舉時，最不希望的就是有很多人真的把事情想得很清楚。」

「你要跳下去之前不會覺得頭昏腦脹嗎？不覺得胃裡不舒服嗎？」

「我沒時間想那些。這件事自己送上門讓我很興奮，開心得很。」

「我不確定我是否了解你為何認為這種……這種做秀的事情有必要。」

他的臉色變了，變得嚴厲而堅決。

「你不知道這是我唯一的優勢嗎？我長得不怎麼樣，不是一流的演說家，沒有背景，沒有影響力，沒有錢。但我打從娘胎出來就有這個天分……」他把手放在我的膝蓋上。「也就是不怕死。要不是我得過維多利亞十字勳章，我現在有可能成為保守黨的候選人嗎？」

「但是老兄，難道得過維多利亞十字勳章對你來說還不夠嗎？」

「你不懂人類的心理，諾瑞斯。像今天早上那場愚蠢的秀，比在南義得到維多利亞十字勳章有用多了。義大利太遠了，他們沒有親眼看到我怎麼贏得那枚勳章，而且遺憾的是，我不能對他們說。如果我可以告訴他們，就有辦法讓他們像親眼看到一樣……我會一路帶著他們，讓他們如臨現場，而等到我說完的時候，他們也一起贏得那枚勳章了！可是這個國家的習俗不允許我這麼做。不行，我看起來要很謙虛，然後低聲含糊地說那沒什麼，隨便哪個人都做得到。根本是胡說八道！很少人有辦法做到我所做的。一團裡大概只有五、六人可以做到吧，其他人都不行。你要有判斷能力，你知道，要會計算而且冷靜，才不會慌了手腳；就某方面來說，你還要能享受那個過程。」

他沉默了一會兒，然後說：「我進入軍隊就是要拿維多利亞十字勳章的。」

「老天，蓋布利爾！」

他那張醜陋而專注的臉轉向我，眼睛炯炯有神。「沒錯，你不能保證一定可以得到那種東西，有時候需要一點運氣。但我本來就計畫要試試看。我知道那是我的大好機會。日常生活中根本不需要英勇這回事，它幾乎派不上用場，就算有，在還沒有成績之前也是困難重重。可是戰爭就不一樣了，在戰場上，英勇最能發揮它的價值。不是我吹噓，這大概和神經或內分泌之類有關，最終都是因為你剛好就是不怕死。你可以想想，和戰場上其他人比起來，擁有這個特質占了多大優勢。當然我不確定我的機會何時會來……你有可能在整場戰爭中都默默地非常英勇，最後連個獎牌都沒有。或者你的魯莽用錯了時機，害你被炸成碎片，還沒人感謝你。」

「大部分維多利亞十字勳章的得主都是在殉職後才拿到的。」我喃喃地說。

「喔，對啊。我也不知道為什麼我沒和他們一樣。每當我想起那些子彈在我耳邊嗡嗡作響時，都沒辦法想像我今天為什麼還能站在這裡。我中了四槍，卻沒一槍傷到要害。很奇怪吧，對不對？我永遠不會忘記斷了腿、拖著身子的痛苦，以及肩膀失血的感覺……而且一路拖著老蜘蛛詹姆斯，他一直不停地咒罵，再加上他的體重……」

蓋布利爾沉思了一會，然後嘆口氣說：「喔，快樂的往事。」然後幫自己倒了杯酒。

「我要好好感謝你，」我說，「替我戳破了一般認為『勇敢的人都很謙虛』的想法。」

「真是他媽的可惜。」蓋布利爾說。「如果你是商業鉅子，敲定一筆精明的生意，就可以到處炫耀，大家會更敬重你。你也可以大方承認自己畫了一張非常棒的畫。至於打高爾夫，如果你打出低於標準桿的桿數，所有人都會知道這個好消息。但偏偏講到大戰的英勇事蹟……」他搖搖頭，「你得找人來幫你宣傳。卡斯雷克在這方面不擅長，他中了保守黨那種輕描淡寫的毒。他們只會攻擊對手，卻不知道怎麼宣傳自己。」他沉思了一會。「我已經請我的旅長下週來這裡演講。也許他會用一種不大明顯的方式說說我有多了不起，不過當然啦，我不會要他這樣做，很尷尬的！」

「有了他，再加上今天那個小意外，你應該就沒問題了。」我說。

「不要小看今天那場意外，」蓋布利爾說，「你等著看好了。每個人會因為這件事又開始談論我的維多利亞十字勛章。祝福那個孩子。我明天會去探望她，帶個娃娃還是什麼的給她，這樣也有很好的廣告效果。」

「你老實說，」我說，「我只是好奇。如果那時候周圍沒有人在看，一個人也沒有，你還會跟著跳進水裡嗎？」

「如果旁邊沒人在看，這樣做有什麼用？我們兩個都會淹死。而且直到潮水把我們沖上岸前，都不會有人知道。」

「所以你會若無其事地走回家，就讓她淹死？」

「當然不會，你以為我是什麼？我也有人性啊。我會瘋狂般地衝到階梯那裡，弄艘船，然後拚命地划到她那裡。運氣好一點的話，也許我還來得及救她，她可能平安無事。我會採取我認為最有機會讓她獲救的方式。我喜歡小孩子。」他又說，「你覺得貿易局會願意多給我一些額外的配給券，好補償那套泡水的衣服嗎？那套西裝大概沒辦法再穿了，縮水到不行。這些政府機構好小氣。」說完這個實際的考量，他就離開了。

我花了很多時間思考約翰．蓋布利爾這個人，無法決定自己是否喜歡他。他毫不掩飾的投機心態讓我覺得很噁心，但他的坦白倒是很吸引人。至於他做判斷的準確度，很快就有充分的例子，證明他對公共輿論的評估是正確的。

崔西莉安夫人是第一個告訴我她的看法的人。她幫我帶來一些書。

「你知道，」她氣喘吁吁地說，「我本來一直覺得蓋布利爾少校有很好的特質，這件事證明他確實如此，你不覺得嗎？」

我問她：「怎麼說？」

「完全不計代價。儘管不會游泳，還這樣直接跳進水裡。」

「那樣沒什麼用的，不是嗎？我是說，要不是有其他人幫忙，他其實沒辦法救那個小孩。」

「是沒辦法，但他根本沒有停下來考慮這件事。我欣賞的是這種勇敢的衝動，完全沒有任何算計。」

我可以告訴她，其實裡面的算計可多了。

她繼續說下去，那張布丁般圓滾滾的臉紅通通的，像個小女孩。

「我真的很欣賞真正勇敢的男人……」

約翰．蓋布利爾加一分，我心想。

卡斯雷克太太，一個舉止像貓一樣又裝腔作勢的女人，我不大喜歡她。她跟我提起這件事的時候，都快飆淚了。

「這是我聽過最勇敢的事了。他們告訴我，你知道，蓋布利爾少校在戰場上的英勇事蹟簡直是不可思議。他根本不知道什麼叫做害怕，他的下屬都非常崇拜他。他的指揮官星期四要來，我會不顧一切幫他宣傳。當然啦，如果蓋布利爾少校知道我打算這麼做，一定會生氣。他為人這麼謙虛，不是嗎？」

「他確實給人這樣的印象。」我說。

她沒聽出我話裡的模稜兩可。

「不過我真的覺得，我們這些棒得不得了的子弟兵實在不該掩蓋自己的光芒，應該讓大家知道他們所做過的偉大的事。男人總是這麼不善表達，我覺得這是女人的責任，要把這些事情宣揚出去。我們現任的議員威爾布萊漢，你知道，他在戰爭期間從未離開過辦公室。」

嗯，我想蓋布利爾會說她的想法非常正確。但我不喜歡卡斯雷克太太，她說話裝腔作勢，就連滔滔不絕、講個沒完的時候，那對小小黑黑的眼睛依然顯得苛薄而且有算計。

「真可惜，對吧？」她說，「諾瑞斯先生竟然是共產黨員。」

「每個家庭，」我說，「都有害群之馬。」

「他們的想法似恐怖，反對私有財產。」

「他們也反對別的東西，」我說，「法國抵抗運動[21]的成員大部分是共產黨員。」

這句話讓卡斯雷克太太有點下不了台，於是她就離開了。

來發文宣的查特利斯太太對聖盧港意外事件也有她的看法。

21 法國抵抗運動（French Resistance），係指法國人民於二次大戰期間反抗德國納粹占領法國的抗爭運動。

「他身上一定有著高貴的血統。」她說。

「你這麼覺得？」

「一定有。」

「他爸爸是水管工。」我說。

查特利斯太太冷靜以對。

「我之前也想過這件事，可是他身上一定有著高貴的血統，也許在好幾代以前。」

她繼續說：「我們一定要更常請他來城堡坐坐。我會跟艾狄蕾說說看。她的舉止有時候很糟糕，會讓人不自在。在城堡的時候，我從不覺得我們看過蓋布利爾少校最好的那一面，我個人倒是和他相處得很愉快。」

「看來他在這裡滿受到歡迎。」

「是啊，他做得很好。選他選對了。黨需要新血，非常需要。」

她停頓一下，然後說：「你知道的，也許他會成為下一個迪斯雷利[22]。」

「你覺得他前途無量？」

「我認為他會登峰造極，他有那種活力。」

泰瑞莎去了一趟城堡，我從她那裡得知聖盧夫人的意見。

「嗯！」聖盧夫人說，「他當然就是為了要出名……」

我可以理解為什麼蓋布利爾常常叫聖盧夫人「那個死老太婆」了。

22 迪斯雷利（Benjamin Disraeli, 1804-1881），保守黨政治家，曾兩度當選英國首相，也是第一個來自猶太家族的英國首相。

第八章

天氣依然很好，我大部分時間都讓人把我推到陽光燦爛的露台上。露台邊緣有幾座玫瑰花壇，其中一側的末端有一棵非常老的紫杉。從那裡，我可以眺望大海和聖盧城堡的城垛，也可以看到伊莎貝拉穿越田野，從城堡來到浦諾斯樓。

她養成幾乎每天過來一趟的習慣，有時帶狗一起來，有時自己獨自一人。抵達時她會露出微笑，對我說聲早安，然後坐在我躺椅旁邊那張大大的雕刻石椅上。

這是一段奇怪的友誼，不過確實是所謂的友誼。伊莎貝拉來找我，不是出於對半身不遂者的友善，不是可憐，也不是同情；從我的角度來說，這種感覺好多了。那是出於喜歡。因為伊莎貝拉喜歡我，所以她來到花園，在我身旁坐著，這個舉動就和動物可能會做的一樣自然，也一樣刻意。

我們聊天的時候，大部分都是說些我們看得到的東西，包括雲的形狀、海面的光線、鳥的一舉一動……

也因為一隻鳥，讓我見到伊莎貝拉天性中的另一面。那隻鳥死了，牠一頭撞上起居室落地窗的玻璃，掉在窗邊的露台上，可憐又僵硬的兩隻腳直挺挺地舉在空中，溫柔明亮的眼睛也閉上了。

伊莎貝拉先發現了那隻鳥，她聲音裡的震驚和恐懼嚇了我一跳。

「你看，」她說，「一隻鳥……死了。」

那聲音裡帶著驚慌，於是我仔細看著她。她看起來像匹受驚嚇的馬兒，噘起的雙唇微顫。

「把牠撿起來。」我說。

她用力搖搖頭。

「我沒辦法碰牠。」

「你不喜歡接觸鳥類嗎？」我問。我知道有些人是這樣。

「我沒辦法碰任何死的東西。」

我盯著她看。

她說：「我害怕死亡，怕得要命。任何東西死亡都會讓我受不了，我想是因為它讓我想起……有一天我也會死。」

「有一天我們都會死。」我說。

（我在想，當下手邊有什麼可以致命的？）

「你不在意嗎？你不害怕嗎？想到死亡就在前方等著你，愈來愈靠近。然後有一天，」她那修長而美麗的雙手很少如此戲劇性地放在胸前，「它就到了，生命畫下句點。」

「伊莎貝拉，你真是個很奇怪的女孩子，」我說，「我從不知道你有這種感覺。」

她悲痛地說：「還好我是女生，而不是男生，是吧？不然打仗時我就得去當兵，然後我會害得大家丟臉，因為我成了逃兵之類的。沒錯，」她恢復平靜，幾乎像在沉思般地說，「當個懦弱的人真是太糟糕了……」

我有點不確定地笑了笑。

「我不認為時機到了的時候你會是個懦弱的人。大多數的人都是……嗯，其實是因為害怕而害怕。」

「你那時候害怕嗎？」

「老天爺，當然怕啊！」

「但等到真的遇上時……就還好嗎？」

回想起某些時刻：在黑暗中等待時的緊繃、等候前進的口令……胸口的噁心感覺……

我誠實地說了。

「不，」我說，「我不會用『還好』來形容那種感覺，不過我覺得我多少還有辦法承受；我的意思是，我想我和其他人一樣可以承受。聽我說，那種日子過一陣子之後，你會開始有種感覺，吃子彈的永遠不會是你，可能是別人，但不會是你。」

「你認為蓋布利爾少校也有過這種感覺嗎？」

我替蓋布利爾作了證。

「我倒認為，」我說，「蓋布利爾是少數的幸運兒，那人根本不知道什麼是恐懼。」

「對，」她說，「我也這麼認為。」

她的臉上露出奇怪的表情。

我問她是否一直都很害怕死亡，還是她曾經遭遇過什麼特別恐怖的事情，讓她倍受驚嚇。

她搖搖頭。

「我想沒有。當然啦，我爸爸在我出生前就被殺了，我不知道和這件事有沒有關係……」

「是了，」我說，「我覺得這是非常有可能的。我想這就是你害怕的原因。」

伊莎貝拉皺起眉頭，她想起以前的事。

「我的金絲雀在我五歲左右死了。前一晚還好好的，隔天早上牠就躺在籠子裡，兩腳硬邦邦地舉在空中，就像剛才那隻鳥。我把牠放到手上，」她在發抖，「牠冷冰冰的……」她彷彿不知道該怎麼說，「牠……牠不再真實存在了……牠只是一個東西……看不見……聽不到……或沒感覺……牠……牠不存在了！」

然後突然間，她以幾近悲慘的語氣問我，「你不覺得我們都會死是很恐怖的事嗎？」

我不知道該怎麼回答她，我沒多想便脫口說出實話；對我而言是實話。

「有時候……那是一個人唯一可以期待的事。」

她看著我，眼神空洞、充滿不解。

「我不了解你的意思……」

「你不了解嗎？」我語氣尖銳地說，「用你的眼睛看看，伊莎貝拉，你覺得生命是什麼樣子？如果你每天早上醒來就像個嬰兒一樣，等人把你洗乾淨、幫你穿上衣服，把你像一袋木炭般拖來拖去。作為一個動彈不得、殘缺、沒有用處的廢物，躺在陽光下無事可做，也沒有任何事情可以期待、可以保有希望……如果我是壞掉的椅子或桌子，他們會把我丟進垃圾堆，只不過因為我是個人，他們就幫我穿上文明的衣服，用毯子蓋住最糟糕的殘廢部分，然後把我放在這裡曬太陽！」

她的眼睛睜得大大的，充滿困惑與疑問。那是第一次，至少我這麼覺得，她的眼神沒有穿透我，而是盯著我看。她的雙眼專注在我身上。即便這樣看著我，她還是什麼都無法理解——除了外表，什麼都不理解。

她說：「但無論如何，你是在陽光下啊……你活著。那時候你有可能就這麼沒命了……」

「非常有可能，但你還不懂嗎？我多麼希望上天那時就讓我死了算了。」

不，她不懂。對她而言，我像是在說外國話。她幾近膽怯地說：「你是不是……總是全身非常疼痛？是因為『那個原因』嗎？」

「我有時候很多地方都會痛，但是，伊莎貝拉，不是因為那個原因。你不懂嗎？我沒有活下去的目標。」

「我知道我很笨，可是……人活著一定要有什麼目標嗎？為什麼不能就只是活著？」

她的天真單純讓我倒吸了一口氣。

接著，正當我要在躺椅上轉身——或者說試著轉身——的時候，因為動作不靈巧，使得一罐標示為阿斯匹靈的小瓶子從我本來放著的地方掉到草地上，瓶蓋也跟著脫落，裡面的小藥錠在草坪上散了一地。

我幾乎尖叫出聲。我聽到自己的聲音，歇斯底里、很不自然地大叫：「別把它們弄丟了……喔，快把它們撿起來……快找……別弄不見了！」

伊莎貝拉彎下身，快手快腳地撿起那些藥。我一轉頭，看到泰瑞莎正穿過落地窗走來。我壓低聲音叫喊，幾乎像在抽泣。「泰瑞莎來了……」

然後，出我意料之外的是，伊莎貝拉做了一件我從來不知道她會做的事。

她動作快速，但不慌不忙地鬆開圍在洋裝領口的染色圍巾，然後一拋，圍巾落在草地上，蓋住散了一地的藥錠。同時，她以平靜的對話語氣說：「……你知道，等魯帕特回家以後，一切都會很不一樣。」

你絕對會相信我們正在聊天。

泰瑞莎走過來問我們，「你們兩個要不要喝點什麼？」

我說了一個滿複雜的飲料。泰瑞莎準備回屋裡去時，她彎下腰彷彿想把圍巾撿起來。伊莎貝拉不慌不忙地說：「放著吧，諾瑞斯太太。有草地的襯托讓圍巾的顏色看起來很漂亮。」

泰瑞莎淡淡一笑，然後穿過落地窗回屋裡去了。留下我盯著伊莎貝拉看。

「親愛的孩子，」我說，「你為什麼那麼做？」

她有點羞怯地看著我。

「我以為，」她說，「你不想讓她看到那些藥……」

「你想的沒錯。」我冷冷地說。

在我康復初期便擬了個計畫。我已預見自己未來全然無助、需要依賴別人的狀態，我需要一個隨時可以派上用場的出路。

他們幫我注射嗎啡止痛時，我沒辦法做什麼，然而一旦安眠藥取代了嗎啡，我的機會就來了。一開始我暗自咒罵，因為他們給我水合氯醛[23]的藥劑。但之後，當我搬去與羅伯特和泰瑞莎同住，就比較不需要醫療護理，於是醫生開了安眠藥給我，我想應該是速可眠，也有可能是阿米妥[24]。

總之，他們讓我漸漸試著不用依賴藥物，但還是會留幾顆，讓我在睡不著的時候服用。慢慢地我累積了一些數量。我繼續抱怨失眠，於是他們開了新藥給我。我睜大雙眼，撐過了痛苦的漫漫長夜，想到要離去的大門又打開了一點，便讓我多了點力量。一段時間下來，我累積的藥量已經足夠我達到目的了。

隨著我計畫的進展，這個需要的急迫性降低了。我願意再等一會兒，可是我不打算永遠等下去。

在這痛苦的幾分鐘內，我眼看我的計畫遭到破壞、受到妨礙，有可能全都毀了。伊莎貝拉的機智拯救了我，避免了那場災難。她把藥錠撿起來，裝進瓶子裡，然後把瓶子遞給我。

我將瓶子放回原來的地方，然後深深嘆了一口氣。

「謝謝你，伊莎貝拉。」我說，口氣充滿感情。

她一點也沒有表現出好奇或是焦慮。她機靈到了解我不安的情緒，並解救了我。我在心裡默默為之前覺得她是個白癡而道歉。她一點也不笨。

她是怎麼想的？她一定知道那些藥不是阿斯匹靈。

我看著她，她的臉上沒有透露任何線索，我覺得要了解她很困難……

然後，我突然好奇了起來。

她提到一個名字……

「魯帕特是誰？」我說。

「魯帕特是我堂哥。」

23 水合氯醛（chloral hydrate），一種安眠鎮定藥物。

24 速可眠（seconal，又稱紅中）和阿米妥（amytal，又稱青發）皆為鎮靜催眠藥。

「你是說聖盧男爵？」

「對，他可能很快就要來這裡了。戰爭期間他大都在緬甸。」她停了一會兒，然後說，「他可能會搬來這裡住……這座城堡是他的。你知道，我們只是租的。」

「我只是在想，」我說，「為什麼……嗯，你為什麼突然提到他？」

「我只是想趕快說點什麼，讓我們看起來好像在聊天。」然後她沉思片刻。「我想，我會提到魯帕特，是因為我總是在想他……」

第九章

直到目前為止，聖盧男爵只是個名字、一個抽象名詞、不存在的城堡主人。現在，他變得明確了：一個存在的實體。我開始想知道他是什麼樣的人。

下午，崔西莉安夫人拿了一本據她說是「一本我認為你會感興趣的書」給我。我瞄了一眼，知道那不是會引起我興趣的書；它是一本勵志書，要你相信只要躺著思考一些美麗的事，就能讓世界更美好、更明亮。崔西莉安夫人頑固的母性本能是無法抗拒的，她總是帶東西給我。她最希望我成為一位作家，至少已經拿了三本有關「成為職業作家的二十四堂課」這類的函授課程的著作給我。她是那種不會讓任何受苦的人獨自受苦的好心腸女人。

我沒辦法討厭她，但我可以、也試著躲避她的服侍。泰瑞莎有時會幫忙，有時不會。她有時候會看著我，面帶微笑，故意讓我獨自承受我的命運。等事後我咒罵她的時候，她就說偶爾有個反刺激物也不錯。

這個下午泰瑞莎去拉票了，所以我沒有閃避的機會。

崔西莉安夫人嘆口氣，問我感覺如何，又說我看起來好多了，然後我謝謝她的書，告訴她那本書看起來很有趣，我們開始談談地方上的事。在那個時候，所謂地方上的事都與政治有關。她告訴我集會的情況，說蓋布利爾把砲轟他的人處理得有多好。她繼續談國家真正需要的是什麼，以及所有事情都國有化會有多恐怖、對手有多麼肆無忌憚，還有農民對乳業產銷局的確切感覺。談話內容和三天前的一模一樣。

就在那時，稍微停頓之後，崔西莉安夫人嘆了口氣，說：如果魯帕特能趕快來該有多好。

「有機會嗎？」我問。

「有。他受傷了，在緬甸，你知道。報紙上幾乎沒有關於第十四軍的消息，真是很過分。他在醫院待了一段時間，之後可以離開那裡一段時間。這裡有很多事情等著他處理。我們都盡力了，但是狀況一直在改變。」

我推測，由於賦稅和其他困難，聖盧男爵大概很快就必須賣掉一些土地。

「海邊的那塊地很適合建設，但我們不想看到那裡冒出更多恐怖的小房子。」

我也認為，開發東岸的建商並不具備足夠的藝術敏感度。

她說：「我姊夫，第七代聖盧男爵，把那塊土地送給鎮上，他想將那裡保留給民眾，可是沒想到要附帶特別的保障條款，結果議會就把那裡全都賣了，一點一點地賣給建商。這個做法非常不誠實，因為那並不是我姊夫的意思。」

我問她，聖盧男爵是否想搬來這裡住。

「我不知道，他還沒有告知任何肯定的消息。」她嘆了一口氣。「我希望他會搬來，我真的很希望他來這裡。」

她又說：「我們在他十六歲以後就沒有看過他了。他在伊頓公學[25]念書時，會趁放假來這裡。他媽媽是紐西蘭人，一個非常迷人的女子，丈夫去世後便帶著孩子回紐西蘭去了。這不能怪她，不過這個孩子不能一開始就在自己的莊園長大，一直讓我感到很遺憾。他來這裡的時候，一定會感到很陌生。但是，當然啦，一切都在變……」

她親切的圓臉看起來有些苦惱。

「我們盡力了。遺產稅很重。伊莎貝拉的父親在上一場戰爭中喪命。靠著艾狄蕾、我和茉德聯合起來，才有辦法租下這個地方，感覺比租給陌生人好多了。這裡一直是伊莎貝拉的家。」

當她彎下身親密地靠近我時，臉上的表情變溫柔了。

「我敢說，我是個非常多愁善感的老女人，但我一直希望伊莎貝拉和魯帕特……那會是，我的意思是，最理想的解決之道。」

我沒說話，然後她繼續說：「好英俊的孩子！非常有魅力，和我們大家又很有感情，而且他似乎一直對伊莎貝拉特別有好感。她那時候才十一歲，跟著他到處跑，對他也很鍾情。艾狄蕾和我以前常看著他們，然後和對方說：『要是……』當然啦，茉德老是說他們是堂兄妹，這樣行不通，不過她總是從家族血統的角度來看事情。很多堂兄妹結婚，後來也沒事呀。我們又不是天主教家庭，還得先請求寬免[26]。」

她又停下來，這次她的臉上浮現出女性在替人做媒時特有的那種全神貫注、認真的神情。

「他每年都記得她的生日。他會寫信去愛絲普雷[27]。我覺得很感人，你不認為嗎？伊莎貝拉

25 伊頓公學（Eton College），英國著名公學校，一四四〇年由亨利六世所創立，專收十三至十八歲男生。
26 如果天主教教徒欲與非天主教教徒結婚時，必須先請教會給予特許。
27 愛絲普雷（Asprey），英國歷史悠久的精品品牌。在此應該是指魯帕特寫信到那裡訂購禮物給伊莎貝拉。

是這麼可愛的女孩，而且她非常熱愛聖盧。」她向外望著城垛。「如果他們可以一起在這裡定居……」我看到她的眼裡閃著淚光……

（「這裡愈來愈像童話故事裡的場景了，」那晚我對泰瑞莎說，「白馬王子隨時會來迎娶公主。我們到底住在哪裡啊？在格林童話裡嗎？」）

「跟我說一些你堂哥魯帕特的事。」隔天，伊莎貝拉坐在石椅上時我對她說。

「我不覺得有什麼好說的。」

「你說你總是在想他，是真的嗎？」

她考慮了一下。

「不，我不是想他。我的意思是……他在我的心裡。我想，有一天我會嫁給魯帕特。」

她轉向我，因為我的沉默似乎讓她感到不安。

「你覺得這麼說很荒謬嗎？從我十一歲、他十六歲之後，我們就沒見過面了，那時他說有一天會回來娶我。一直以來，我都相信他的話……到現在依然相信。」

「然後聖盧男爵和聖盧夫人就會結婚，從此幸福快樂地住在海邊的聖盧城堡裡。」我說。

「你認為這不會發生？」伊莎貝拉問。

她看著我，彷彿我對這件事情的意見將成為最後的結局。

我深深地吸了一口氣。

「我傾向於認為這種事情會發生，就是那種童話故事。」

查特利斯太太突然出現在露台上，我們被她粗魯地從童話故事裡拉回現實。

她把手上一個鼓脹的包裹往旁邊一扔，很唐突地叫我將它拿給卡斯雷克上尉。

「我想他在辦公室裡。」我說，但她打斷我的話。

「我知道，可是我不想進去他的辦公室，我現在沒心情見那個女人。」

就我個人而言，我也從來沒心情見卡斯雷克太太，不過我看出查特利斯太太近乎粗暴的舉止不只是因為這樣。

伊莎貝拉也看出來了。她問：「茱德嬸婆，你怎麼了？」

查特利斯太太表情僵硬地丟出一句：「露辛達被車撞了。」

露辛達是查特利斯太太的棕色西班牙獵犬，她對牠寵愛有加。

她繼續說，愈說愈激動，並且冷冷地瞪著我，以免我表現出憐憫的樣子。「在碼頭那裡，那些該死的觀光客車子開得太快，連停都沒停下來。快，伊莎貝拉，我們得趕快回家去！」

我沒有表現出任何安慰與憐憫的意思。

伊莎貝拉問：「露西[28]在哪？」

「送到勃特那裡去了。蓋布利爾少校幫我一起送去的。他非常親切，真的很親切。」

露辛達躺在路上呻吟，查特利斯太太跪在牠身旁時，蓋布利爾正好出現了。他也跪下來，一雙手靈活而有技巧地摸了摸狗的全身。

他說：「牠的後腿失去力氣了，可能是內傷。我們得送牠去獸醫那裡。」

「我都是去浦維森的強森那裡，他對狗非常有辦法。但太遠了。」

他點點頭。「聖盧最好的獸醫是誰？」

28 露西（Lucy）是露辛達（Lucinda）的暱稱。

「詹姆斯．勃特。他很聰明，可是很粗魯。我從來不把狗交給他，也不送去他那裡。他會喝酒，你知道的，但他離這裡很近。我們最好把露西送去那裡。小心！牠可能會咬人。」

蓋布利爾自信滿滿地說：「牠不會咬我的。」他一邊安撫、一邊對牠說話，「沒事了，好女孩，沒事了。」他溫柔地將牠抱起來。一群小男孩、漁夫以及提著購物袋的年輕女子發出充滿同情的嘈雜聲，並提出建議。

查特利斯太太急忙說：「好女孩，露西，好女孩。」

她對蓋布利爾說：「你人真好。勃特的診所就在轉角的西區那裡。」

那是一棟規規矩矩的維多利亞式房子，屋頂鋪著石板，大門上有塊磨損的銅製門牌。

應門的是一位年約二十八歲的漂亮女人，她是勃特的太太蜜莉。

她立即認出查特利斯太太。

「喔，查特利斯太太，真的很抱歉，我先生出去了，他的助理也不在。」

「他什麼時候會回來？」

「我想勃特很快就會回來了。當然啦，他的手術時間是九點到十點，或兩點到三點。但我相信他會盡力而為的。這隻狗怎麼了？被車撞了嗎？」

「對，剛剛發生，被車撞的。」

「真糟糕，對不對？」蜜莉．勃特說，「他們實在開太快了。請把牠帶到手術室好嗎？」

蜜莉以她輕柔、有點過於優雅的聲音繼續說話。查特利斯太太站在露辛達旁邊，輕輕撫摸著牠。她歷經風霜的臉龐因痛苦而扭曲，根本沒辦法把心思放在蜜莉說的話上。蜜莉只是說個不停，親切和善卻沒有自信，而且有點不知所措。

不久蜜莉說會打電話到下莊農場，問問勃特是否在那裡。電話在門廳。蓋布利爾跟著去，好讓查特利斯太太可以和她的愛犬以及她自己的痛苦獨處。他是個細膩敏感的人。

蜜莉撥了號碼，認出電話另一端的聲音。

「是的，維登太太，我是勃特的太太。勃特在那裡嗎？嗯，對，麻煩你……好。」過了一會兒，蓋布利爾看到她臉紅了，而且有點膽怯。她的聲音也變了，變得充滿歉意又怯怯懦懦。

「吉姆[29]，對不起。不，當然不是……」蓋布利爾聽得見電話另一頭勃特的聲音，不過聽不清楚內容，那聲音既強勢又暴躁。蜜莉的聲音變得更加充滿歉意了。

「是查特利斯太太，住在城堡那位。她的狗……被車撞了。對，她現在在這裡。」她又臉紅了，然後掛上話筒。不過在她掛上之前，蓋布利爾還是聽到另一頭的聲音生氣地說：「你這個笨蛋，為什麼不直說？」

接著是一陣尷尬。蓋布利爾為蜜莉感到難過，一個漂亮溫柔的小女人竟然懼怕丈夫到這種地步。他用誠懇而友善的口氣說：「勃特太太，你人真是太好了，為了我們這麼麻煩，又這麼體諒我們。」然後他對她微笑。

「喔，蓋布利爾少校，這沒什麼。是蓋布利爾少校，沒錯吧？」在她家看到他出現，令她有些興奮。「那天晚上，我有參加你在協會辦的集會。」

「感謝你的參與，勃特太太。」

「我很希望你能選上，不過我相信你一定會上的。我確定所有人都很厭倦威爾布萊漢。他不

29 吉姆為詹姆斯的暱稱。

算是這裡的人，你知道，他不是康瓦爾郡的人。」

「就這點來說，我也沒比他適合。」

「喔，你……」

她看著他，和露辛達一樣的棕色眼睛流露出英雄崇拜的眼神。她的頭髮也是棕色的，美麗的栗色髮絲。她的雙唇微張，盯著蓋布利爾看，想像他在戰場上的樣子，背景類似沙漠、高溫、砲彈、血，或搖搖晃晃地走過開闊的鄉間……就像她上週看的電影裡面的景色。

而他是這麼自然、這麼親切、這麼平凡！

蓋布利爾盡量和她說話，尤其不想讓她回手術室去，擔心那個想和小狗獨處的可憐老傢伙，因為他很確定那隻狗沒望了。可憐啊，那隻可愛的母狗不過才三、四歲而已。蜜莉是個善良的女人，但她會一直想要藉由說話來表現她的同情。她會說個不停，大聲說著關於汽車、每年有多少狗被撞死、露辛達多麼可愛，以及查特利斯太太是否想喝杯茶這類事。

於是蓋布利爾和蜜莉聊起天來，還逗得她笑了，露出她一口漂亮的牙齒以及嘴角上的酒窩。正當她看起來非常開心活潑的時候，門突然打開了，一個穿著馬褲、十分粗壯的男人踏進屋裡。

蜜莉畏懼退縮的樣子，讓蓋布利爾吃了一驚。

「喔，吉姆，你回來了。」她緊張地大聲說，「這位是蓋布利爾少校。」

勃特草草點了個頭，他的妻子繼續說：「查特利斯太太在手術室，和狗在一起……」

勃特打斷她：「你為什麼沒把狗帶進去，而把她留在外面？你連這最基本的觀念都沒有。」

「我去請她……」

「我會處理。」

他側身擠開她，逕自下樓進入手術室。

蜜莉眼裡閃著淚光。

她問蓋布利爾要不要喝杯茶。

因為他替蜜莉感到難過，而且覺得她丈夫是個粗魯無禮的野人，於是他說好。

而那件事就是這麼開始的。

第十章

泰瑞莎應該是在第二天，或是又隔了一天之後，將蜜莉．勃特帶到我的起居室。她說：「這是我小叔，修。修，這是勃特太太，她很好心要來幫我們的忙。」

「我們」指的不是個人，而是指保守黨。

我看著泰瑞莎，她連眼睛都沒有眨一下。蜜莉那雙充滿女性憐憫的溫柔棕色眼睛已經開始同情我了。倘若我偶爾放任自己沉浸在自憐中，這種眼神就是最有益我身心的矯正物。面對蜜莉眼中熱切的同情，我毫無防衛。泰瑞莎很卑鄙地離開起居室。

蜜莉在我身邊坐下，準備打開話匣子。從自己的不自在與不加掩飾的痛苦中恢復後，我不得不承認她是個很好的人。

「我真的覺得，」她說，「我們一定要為選舉盡一份心力。我恐怕做不了什麼，我不夠聰明，沒辦法去遊說民眾。但就像我和諾瑞斯太太說的，如果有教會的工作或是要發送傳單，都可以交給我。我想到蓋布利爾少校那天在協會說到關於女人可以扮演的角色，說得真是太好了，這番話讓我覺得自己到目前為止實在太懶散。他真是一個非常棒的演講者，你不覺得嗎？

噢，我忘了……我想你……」

她的不安令人滿感動的。她喪氣地看著我，我立即開口搭救她。

「我在軍事訓練廳聽過他的第一場演講，確實有達到他預期的效果。」

她沒有聽出我話中的諷刺意味，忽然充滿感情地說：「我覺得他好棒。」

「我們就是希望……呃……所有人都這麼想。」

「他們也應該這麼想。」蜜莉說，「我是說……有這樣的人代表聖盧，就完全不同了。一個真正的男人，一個待過軍隊、打過仗的男人。當然啦，威爾布萊漢先生也不錯，但我總覺得這些社會主義者很奇怪，而且畢竟他不過是個學校老師之類的，看起來非常瘦弱，聲音也很虛假，沒有讓人覺得他真的做了什麼事情。」

我感興趣地聆聽這位選民的聲音，並觀察到蓋布利爾肯定做過一些事。

她滿是熱忱地說到臉都紅了。

「我聽說他是軍隊裡最勇敢的人之一。他們說他可以獲得好幾個維多利亞十字勳章。」

除非蜜莉只是出於個人的熱情，否則蓋布利爾的宣傳顯然很成功。她雙頰泛紅，棕色眼睛閃耀著英雄崇拜的光芒，看起來很美。

「他和查特利斯太太一起來的，」她解釋，「就是小狗被撞的那天。他人真好，對不對？他總是這麼關心別人。」

「可能他很喜歡狗吧。」我說。

對蜜莉而言，這樣說有點太平凡了。

「不，」她說，「我想是因為他的人就是這麼好，好到不可思議。他說話好自然，讓人覺得很舒服。」

她停頓了一下，繼續說：「我感到很慚愧。我的意思是，我很慚愧還沒有為這個目標盡過什麼力。當然啦，我一向是投票給保守黨的，但只是去投票根本不夠，對不對？」

「這個嘛，」我說，「見仁見智囉。」

「所以我真的覺得我必須做點什麼，於是我就問卡斯雷克上尉我能做什麼。我的時間真的很多，你知道的，勃特這麼忙，除了手術以外整天都在外面，而且我也沒有小孩。」

她棕色的眼睛閃過一絲不一樣的神情。我替她感到難過，她是那種應該要有小孩的人，她會是個很好的媽媽。

當她拋下關於蓋布利爾的回想、並把注意力轉移到我身上的時候，她的臉依然籠罩在母性光輝中。

「你是在阿來曼受傷的，對不對？」她說。

「不是，」我很憤怒地說，「是在哈洛路。」

「喔，」她嚇了一跳，「可是蓋布利爾少校告訴我……」

「蓋布利爾是會這麼說，」我說，「他說的每一個字你都別信。」

她不大確定地笑了笑，接受了一個她不大明白的笑話。

「你的身體狀況看起來非常好。」她說，語氣中充滿鼓勵。

「親愛的勃特太太，我看起來不好，感覺也不好。」

她非常好心地說：「我真的感到很遺憾，諾瑞斯上尉。」

就在我快要殺人之前，門打開了，卡斯雷克和蓋布利爾走了進來。

蓋布利爾很會他拿手的那一套。他神采飛揚地走向蜜莉。

「哈囉，勃特太太。你能來真好！真好！」

她看起來既開心又羞怯。

「喔，蓋布利爾少校，說真的，我想我沒什麼用處，但我想做點什麼來幫幫忙。」

「你會幫上忙的，我們會讓你好好工作。」他仍握著她的手，醜陋的臉上露出笑容。我感覺得到這個男人的魅力和吸引力，而且如果我都感覺到了，那麼女人的感覺就更強烈了。她笑出聲，臉頰泛紅。

「我會全力以赴。我們應該證明全國對邱吉爾先生是很忠心的，這很重要，不是嗎？」

我可以告訴她，更重要的是，我們要對約翰．蓋布利爾忠誠，讓他贏得絕對多數的選票。

「這樣的態度就對了。」蓋布利爾精神抖擻地說，「現在的選戰中，女人才是真正的力量，只要她們出力。」

「喔，我知道，」她表情嚴肅，「我們不夠在乎。」

「這個嘛，」蓋布利爾說，「說到底，或許沒有哪個候選人真的比另一個人好很多吧？」

「喔，蓋布利爾少校，」她很驚訝，「當然有啊，根本就是天壤之別。」

「對，沒錯，扐特太太，」卡斯雷克說，「我敢說，蓋布利爾少校會讓西敏宮[30]裡的人刮目相看。」

我想說：「喔，是嗎？」不過忍住沒說。卡斯雷克帶她去拿些傳單或是印刷品之類的東西。

30 西敏宮（Palace of Westminster），又稱國會大廈（House of Parliament），是英國國會所在地。

他們一關上門，蓋布利爾便說：「這個可愛的小女人真不錯。」

「你果然讓她服服貼貼。」

他皺起眉頭。

「少來了，諾瑞斯。我喜歡勃特太太，而且我替她感到難過。如果你要問，我會說她的日子可不好過。」

「大概吧，她看起來不大快樂。」

「勃特是個冷血無情的惡棍，而且酗酒，我猜他會動粗。昨天我注意到她的手臂上有幾處嚴重瘀青，我打賭他會毆打她，這種事情讓我很生氣。」

我有點驚訝。蓋布利爾發現了我的反應，並且大力地點點頭。

「我不是裝的，殘暴的事情總是會激怒我……你有沒有想過女人可能過著某種生活，而且還不能說出來？」

「有法律途徑可以解決吧，我想。」我說。

「不，諾瑞斯，沒有，除非是忍無可忍了。經常性的欺凌脅迫、持續的嘲笑與輕蔑，只要他喝多了，就會出現粗暴行為；面對這些事，女人能怎麼辦呢？只能逆來順受、默默受苦嗎？像蜜莉．勃特這種女人沒有自己的錢，一旦離開丈夫，能去哪裡呢？親戚朋友並不喜歡挑起夫妻間的問題，像蜜莉．勃特這種女人根本就孤立無援，沒有人會幫她的。」

「是啊，」我說，「確實如此……」

我好奇地看著他。

「你很激動嗎？」

「你覺得我不能有一點像樣的同情心嗎？我喜歡那個女孩，我替她感到難過。我希望能夠為她做點什麼，但我想應該沒有我幫得上忙的地方。」

我不自在地動了動身體；或者比較準確地說，我試圖要動動身體，得到的卻是從我殘廢的身體傳來的一陣刺痛。不過伴隨著身體疼痛而來的，是另一種更細微的痛，記憶裡的痛。我又坐在從康瓦爾郡開往倫敦的火車上，看著眼淚滴進湯碗裡……

事情都是這樣開始的，和你想像的不同。一個人臉上可憐無助的樣子，會讓你的人生受到猛烈衝擊，把你帶向……何處？以我的例子來說，是把我帶向一張躺椅，眼前沒有未來，而過去在嘲笑我……

我突然對蓋布利爾說（在我腦中是有連結的，不過對他來說，肯定覺得我的話題轉換得太突然）：「國王旅店的那個小姑娘怎麼樣了？」

他露出笑容。

「沒有什麼，老兄。我很謹慎，在聖盧只辦公事。」他嘆了口氣。「很可惜，她是我喜歡的類型……可是，你不能什麼都要啊！不能讓保守黨失望。」

我問他，保守黨是否真的這麼挑剔，他回答說聖盧有很濃厚的清教徒色彩。漁夫，他又補充說，通常比較虔誠。

「即便他們在每個港口都有個老婆？」

「那是海軍，老兄，別搞混了。」

「嗯，你才別把國王旅店那個妞和勃特太太搞混了。」

聽到這句話，他突然發怒。

「喂，你想說什麼？勃特太太是很規矩守分的，正直得要命。她是個善良的女孩。」

我好奇地看著他。

「我跟你說，她沒問題。」他堅持。「她不會做出任何不規矩的事。」

「是不會，」我表示贊同，「我也不認為她會。不過她真的非常崇拜你，你知道的。」

「喔，那是因為維多利亞十字勛章和碼頭那件事，還有各種傳開的謠言的關係。」

「我才要問你，是誰在散播這些謠言的？」

他眨眨眼。「我告訴你，它們很有用，非常有用。威爾布萊漢那個可憐鬼輸定了。」

「是誰起頭的？卡斯雷克？」

「不是卡斯雷克。他不夠靈活，我不信任他，我得自己來。」

我大笑出聲。「你是說你有辦法告訴人們，你可以拿三次維多利亞十字勛章？」

「不完全像你說的那樣。我利用女人，比較沒腦子的那種。她們硬要我講細節，那些我不願告訴她們的細節。然後，當我非常不好意思地拜託她們不要對任何人提起時，她們立刻就跑去告訴所有的好友。」

「你真的很不要臉，蓋布利爾。」

「我在打選戰，我得考慮我的生涯。比起我在關稅、賠償議題是否有全面的思考，或是能不能確保同工同酬，這些事情有用多了。女人總是比較重視個人層面。」

「這倒提醒了我，你對勃特太太說我是在阿來曼受的傷，這到底在搞什麼鬼啊？」

蓋布利爾嘆了口氣。「我想你一定戳破了她的幻想。老兄啊，你不該這麼做的。時機有利時就盡量多撈一點吧。現在人們對英雄有很高的評價，之後他們的興趣就會下滑了。能占便宜的時候就去做吧。」

「用裝的也可以？」

「對女人說實話完全沒有必要，我從來不這麼做。你會發現她們不喜歡你說實話。」

「那和故意說謊有點不一樣。」

「不用說謊啊。我已經幫你說了，你只要唸個幾句：『胡說……都搞錯了……蓋布利爾不該亂說的……』然後開始談天氣或捕沙丁魚，或黑暗的俄羅斯在搞什麼鬼這類事，然後那個女孩就會睜大眼睛、帶著熱情離開。混蛋，你一點樂子都不要嗎？」

「我現在還能有什麼樂子？」

「嗯，我知道你不大能真的跟誰上床……」蓋布利爾很少委婉地說話。「但是，有點感傷的故事總比沒有好。你不想要女人對你呵護備至嗎？」

「不想。」

「有意思，要是我就會想。」

「是嗎？」

蓋布利爾的臉色一變，皺起眉頭，緩緩地說：「也許你是對的……我想畢竟沒有一個人真的認識自己……我認為我熟知約翰．蓋布利爾。而你的意思是說，也許我不像我所認為的那麼了解自己。來見見約翰．蓋布利爾少校，我想你們兩個還不認識……」

他在起居室裡快速地走來走去。我發覺我的話觸動了他內心深處的某種不安。他看起來──對，我突然明白──他看起來像個害怕的小男孩。

「你錯了，」他說，「你大錯特錯。我是真的認識我自己，這是我唯一真正認識的東西。有時候我希望我沒有認識這麼多……我完全知道自己是誰，還有自己能力的極限。請注意，我很小心，不讓別人把我摸透。我知道我來自哪裡，也知道自己將往何處去。我知道我要的是什麼……我是說我會確定讓自己能夠得到想要的東西。我十分仔細地策畫了這一切，我不認為我會失足犯錯。」

他說這話的口氣引起了我的興趣。有那麼一剎那，我相信蓋布利爾並非只是愛吹噓的人，我想像他是個狠角色。

「原來這才是你要的？」我說，「嗯，或許你會弄到手吧。」

「把什麼弄到手？」

「權力啊。你就是在說這個，不是嗎？」

他盯著我，然後大笑出聲。

「我的老天啊！不是。你以為我是誰，希特勒嗎？我不想要權力。基本上我沒有要對我的同類或這個世界作威作福的野心。天啊，老兄，你以為我做這勾當是為了什麼？權力根本就是胡說八道！我要的是一份輕鬆的工作，如此而已。」

我盯著他，覺得很失望。原本有一瞬間，蓋布利爾達到了巨人般的高度，而現在他又縮回真人大小。他兩腿一伸，往椅子一坐，我突然看到他喪失魅力後的樣子：一個粗俗刻薄的矮小男子，一個貪婪的矮小男人。

「你真走運，」他說，「我真正想要的就只有如此！貪心又自私自利的人對這個世界不會造成什麼傷害，這個世界還有可以容納他們的空間，而且他們是管理你們的合適人選。願老天幫幫那些有理念當權者的國家吧！有理念的人會蹂躪普羅大眾、害得孩子挨餓，並傷害女人，卻還不知道他們發生了什麼事。他根本不會在乎。但一個自私貪婪的人不會造成什麼傷害，他只想把自己的小角落弄得舒舒服服，只要做到這點，他很樂意讓一般人過著快樂、滿足的生活。事實上，他希望他們能夠快樂滿足，這樣麻煩會少一點。我相當清楚大多數人想要什麼；他們要的不多，只要感覺自己是重要的，有機會比別人過得好一點，而且不要常常受到擺布就好。諾瑞斯，記住我說的話，等到工黨選上之後，他們就會犯下這種大錯……」

「如果他們選上的話。」我打斷他的話。

「他們會選上的啦，」蓋布利爾很有信心地說，「而我就是要跟你說他們之後會犯什麼錯。他們會開始使喚人民，雖然都是出於善意。不是死忠保守黨員的那些人都是怪胎，求老天保佑我們不用怕這些怪胎！一個真正情操高尚的怪胎理想主義者，會讓一個合乎道德的守法國家遭受多少苦難，真是不可思議。」

我反駁說：「最後還不是回到你自以為知道什麼才是對國家最好的這件事上？」

「一點也不。我知道什麼對約翰．蓋布利爾最好。國家很安全，不用擔心我的實驗，因為我滿腦子都在想怎麼幫自己舒舒服服地卡個位子。我一點也不在乎能不能當首相。」

「你讓我很訝異！」

「別搞錯了，諾瑞斯，我有可能成為首相的，如果我想做的話。只要研究一下人民想聽什麼，然後照著跟他們說，效果真的很驚人！但是，成為首相代表有很多煩惱和辛苦的工作。我只想成名，如此而已……」

「那錢要從哪裡來？一年六百英鎊撐不下去的。」

「如果工黨選上了，他們就得提高薪資，也許會湊個整數變一千。不過別搞錯了，在政治圈要賺錢，方法多得是，有額外的，也有直接的，還有靠結婚……」

「你連結婚都計畫過了嗎？要弄個頭銜？」

他的臉不知為何紅了起來。

「不是，」他激動地說，「我不會娶不屬於我階級的人。喔，沒錯，我知道我屬於什麼階級。我不是出身高貴的人。」

「這個詞在今日還有什麼意義嗎？」我懷疑地問。

「這個詞沒有，但它代表的事情依然存在。」

他盯著前方。當他說話時，聲音聽起來像在思考，而且很遙遠。

「我記得和我爸爸參觀過一棟大房子，他在那裡做一份和廚房鍋爐有關的工作。我待在房子外面，一個孩子過來和我說話。那孩子人很好，比我大一、兩歲。她帶我一起進入花園（非常豪華的那種），有噴水池，你知道的，還有露台、巨大的雪杉以及有如天鵝絨般的草地。她弟弟也在那裡；我們一起玩捉迷藏，我當鬼（沒關係），我們玩得不亦樂乎。然後有個保母從房裡走出來，非常拘謹，穿著制服。潘（這是那個小孩的名字）跳到她身邊說，一定要我和他們一起回育嬰室喝下午茶，她希望我和他們一起去喝下午茶。

「我還記得那個高傲自大的保母的臉，一本正經的。我還聽得到她裝模作樣的聲音！『親愛的，你不能這麼做。他只是個平民男孩。』」

蓋布利爾停了下來。我很訝異……訝異於殘忍的力道，訝異於這種不假思索、不自覺的殘忍。從那次之後，他一直記得那個聲音、記得那張臉……他受了傷，傷到了內心最深處。

「但是，」我說，「那並不是孩子的媽媽說的。那句話……嗯……說這種沒水準的話，還不只是殘忍。」

他轉向我，臉色蒼白而陰鬱。

「你沒聽懂，諾瑞斯。我同意一個上流社會的女人不會說這種話，她會比較周到。但事實就是事實。我那時是個平民小男孩，我現在還是平民小男孩，我到死都還是平民小男孩。」

「別鬧了！這些東西有什麼重要啊？」

「它們不重要。它們不再重要了。事實上，不是出身名門現在反而是個優勢。人們嘲笑那些背脊挺得直直的可憐老太太和老先生們，他們人脈雖廣，日子卻快過不下去了。我們現在只對教育還這麼勢利：教育是我們盲目崇拜的東西。問題是，諾瑞斯，那時的我不想當一個平民小男孩。我回到家對爸爸說：『爸，我長大後要當勳爵[31]。我要變成約翰．蓋布利爾勳爵。』他卻說：『你永遠不會成為伯爵的，那種東西要你生下來就是才行。如果你很有錢，你可以和他們平起平坐，但那還是不一樣。』而確實是不一樣。有種東西——一種我永遠不會擁有的東西——噢，我指的不是頭銜，我指的是從出生就對自己很肯定的那種東西，知道你將來會做什麼或說什麼，只有在你打算無禮時才會無禮，而不是因為你感到激動、不自在，或是想證明你不輸別人時才做出無禮的舉動。不用老是忿忿不平地猜測別人對你的想法，只要在意你對他們的想法就好。就算知道自己很古怪、很寒酸或是和其他人格格不入，也都沒有關係，因為你是……」

「因為你是聖盧夫人？」我接續他的話。

「臭老太婆去死吧！」蓋布利爾說。

31「勳爵」是對英國男性貴族的敬稱，共有五等爵位，依次為公爵（Duke）、侯爵（Marquess）、伯爵（Earl）、子爵（Viscount）和男爵（Baron）。除了公爵之外，在一般場合都可以「某某勳爵」來稱呼。

我很感興趣地看著他。「你知道嗎，」我說，「你真的非常有趣。」

「聽起來很不真實，對吧？你不懂我的意思。你以為你懂，但還差得遠了。」

「我懂，」我緩緩地說，「之前發生過一些事……你曾經受過一些打擊……你小時候被人傷害、受了創傷。就某方面來說，你還沒有走出來……」

「少跟我來心理學那一套！」蓋布利爾唐突地打斷我。「不過你明白了吧，為什麼我和蜜莉．勃特那種好女孩在一起時很快樂，我就是要娶這種女孩。當然，她必須有錢；但不管有沒有錢，她和我是同個階級的。你可以想像吧，如果我娶一個老是板著臉的傲慢女孩，接下來一輩子都得努力配得上她，那簡直是人間煉獄啊，對吧？」

他停了一下，然後突然說：「你待過義大利。那你有沒有去過比薩？」

「我好幾年前去過比薩。」

「我想應該是在比薩沒錯……那裡有面壁畫，畫著天堂、地獄、贖罪和其他東西。地獄還滿歡樂的，小惡魔們拿著長叉推著你下去。天堂在上面，受到祝福的人在樹下坐成一排，臉上的表情洋洋自得。我的老天，那些女人！她們對地獄一無所知，對墮入地獄的人一無所知，她們根本什麼都不知道！她們就是坐在那裡，自滿地微笑著……」他熱血沸騰，「沾沾自喜，得意洋洋，自鳴得意……天啊，我真想把她們從樹下和那種幸福快樂的狀態中揪出來，然後丟到火焰裡，任由她們掙扎，讓她們去感受，讓她們受苦！她們憑什麼不用知道受苦是什麼感覺？她們只需要坐在那裡，面帶微笑，連碰都不會被碰一下……不食人間煙火……對，就是這樣，不食人間煙火……」

他站了起來，聲音變低，雙眼看向我後方，眼神尋尋覓覓，不大確定……

「不食人間煙火。」他又說了一次。

然後他笑出聲。

「抱歉，把這些話全倒在你身上。畢竟這也沒什麼不好。雖然哈洛路那件事害你差不多成了個廢物，不過你還是有點用處，我想說話的時候，你可以聽我說……我想，你會發現，人們會跟你傾吐很多事情。」

「確實如此。」

「你知道為什麼嗎？不是因為你是個多棒、多善解人意的傾聽者，而是因為你在其他方面一無是處。」

他站在那裡，頭微微斜向一邊，雙眼——依然憤怒的雙眼——看著我。他應該是想用這些話來傷害我，可是他沒有得逞。聽到曾在腦子裡閃過的想法被說出來，我反而感到如釋重負……

「你究竟為什麼不乾脆讓自己解脫算了，我真的不懂。」他說，「還是你沒有方法？」

「方法我早就有了。」我說，一隻手握住我的藥瓶。

「我懂了，」他說，「你比我想的更有種……」

第十一章

隔天早上，卡斯雷克太太和我聊了一段時間；我不喜歡卡斯雷克太太，她黑黑瘦瘦的，說話尖酸刻薄，我在浦諾斯樓的這段時間以來，沒聽她說過任何人的好話。有時候，純粹為了娛樂，我會提起一個又一個名字，然後等著聽她從一開始的好話變成苛薄的評論。

她現在談到蜜莉．勃特。

「她是個善良的女孩子，」她說，「急著要幫忙。當然，她滿笨的，又沒受過政治方面的訓練。那個階級的女人對政治總是興趣缺缺。」

在我的印象裡，蜜莉和卡斯雷克太太是屬於同一個階級。為了激怒她，我說：「事實上，就和泰瑞莎一樣。」

卡斯雷克太太看起來相當震驚。

「噢，可是諾瑞斯太太非常聰明啊……」然後一如往常的毒舌出現了，「有時候對我來說太聰明了點。我常覺得她有點瞧不起我們所有的人。那種女性知識分子總是活在自己的世界裡，你不覺得嗎？當然，我不會說諾瑞斯太太是自私啦……」

接著話題回到蜜莉身上。

「讓勃特太太有點事做是件好事，」她說，「你知道的，我擔心她的家庭生活不大快樂。」

「我很遺憾聽到這件事。」

「勃特那個男人愈來愈糟糕了。他喝到國王旅店都要打烊了，才搖搖晃晃地走出來。說真的，我想知道他們為什麼還給他喝。而且，我相信他有時候很粗暴，至少鄰居們是這樣說的。她怕他怕得要死，你知道的。」

她的鼻尖微微動了一下，我判定那是一種表示愉悅感的顫動。

「她為什麼不離開他？」我問。

卡斯雷克太太看起來很震驚。

「噢，說真的，諾瑞斯上尉，她不會做那種事的！她能去哪裡？她沒有親戚。我有時候想，如果出現一個對她釋出善意的年輕人，你知道的，我不認為她會堅持原則。而且她長得很好看，有點太顯眼了。」

「你不大喜歡她，是吧？」我說。

「喔，喜歡啊！我喜歡她。不過當然啦，我不算認識她。獸醫……嗯，畢竟不是醫生。」

卡斯雷克太太清楚指出獸醫在社會地位的差異之後，十分關切地問我有沒有什麼需要她幫忙的。

「你人真好，我想沒有什麼需要幫忙。」

我看向窗外。她跟隨我的眼神，看到了我注視的對象。

「喔，」她說，「是伊莎貝拉．查特利斯。」

我們一起看著伊莎貝拉愈走愈近，穿過大門，踏上往露台的階梯。

「她真是個漂亮的女孩，」卡斯雷克太太說，「不過非常文靜。我常覺得這麼文靜的女孩通常有點狡猾。」

「狡猾」這個詞讓我感到很憤怒。我什麼也不能說，因為卡斯雷克太太一說完就出去了。

狡猾……這麼可怕的詞！特別是用在伊莎貝拉身上的時候。伊莎貝拉身上最明顯的特質就是誠實，一種無畏無懼、幾近刻苦的誠實。

然後，我突然想起她用圍巾蓋住那些藥錠的方式、她假裝正在聊天時的輕鬆自在，完全沒有激動或手忙腳亂的樣子，簡單而自然，彷彿這種事她已經做了一輩子似的。

也許，那就是卡斯雷克太太所謂的「狡猾」？

我想問問泰瑞莎的想法。她不會主動發表意見，但如果你問她，你就會得到答案。

伊莎貝拉到達的時候，我發現她很興奮。我不知道其他人是否看得出來，但我馬上就發現了。某種程度上，我開始變得相當了解伊莎貝拉。

她直截了當地開口，沒有浪費時間寒暄。「魯帕特要來了，真的要來了，」她說，「他隨時會到。當然，他是搭飛機回來的。」

她坐下來，露出微笑，修長的雙手交疊在大腿上。窗外那棵紫杉在她頭部後方，在天空的襯托下形成圖案。她坐在那兒，看起來幸福快樂。她的神態，那幅畫面，讓我想起了什麼，某個我最近才看過或聽過的畫面……

「他要來，對你來說很重要嗎？」我問。

「是啊，很重要。噢，沒錯。」她補充，「你知道的，我已經等了很長一段時間了。」

伊莎貝拉是不是有點像住在城壕圍繞莊園裡的瑪麗安娜？她是不是有一點點丁尼生那個時代的味道？[32]

「在等魯帕特嗎？」

「對。」

「你……這麼喜歡他？」

「我想我喜歡魯帕特勝過這世上的任何人。」接著她又試著在相同字句上加上不同的語調。

「我……我想我喜歡。」

「你不確定嗎？」

她看著我，突然顯得十分憂慮。「人有辦法對任何事情都很確定嗎？」

那不是她情感的表達，她一定是在提問。

她問我，因為她想我也許會知道答案。她根本沒想到這個問題卻傷了我。

「沒有辦法，」我說，我的聲音連自己聽來都好刺耳，「人永遠無法確定。」

她接受了這個答案，看著自己靜靜交疊的雙手。

「我明白了，」她說，「我明白了。」

「你已經多久沒見到他了？」

「八年了。」

32 英國畫家約翰．米萊斯（John Millais, 1829-1896）在一八五〇至五一年所畫的《瑪麗安娜》（*Mariana in the Moated Grange*），取材自英國桂冠詩人丁尼生（Lord Alfred Tennyson,1809-1892）寫於一八三〇年的詩作〈瑪麗安娜〉（Mariana）。詩中描繪女子瑪麗安娜在封閉的莊園裡苦候朝思暮想的情人。

「你真是個浪漫的人，伊莎貝拉。」我說。

她疑惑地看著我。「因為我相信魯帕特會回來，然後我們會結婚嗎？但那不是因為浪漫，而比較像是一種模式……」她修長靜止的雙手微微顫抖、活了起來，撫摸著洋裝上的某個東西。「是我的模式，也是他的模式，這兩個模式會湊在一起，然後結合。我不認為我會離開聖盧。我在這裡出生，也一直住在這裡。我想繼續住在這裡。我想我會……死在這裡。」

她說最後幾個字的時候，身體微微顫抖，同時，一片雲飄過來遮住了太陽。

我在心裡再度為她這種對死亡的奇怪恐懼感到納悶。「伊莎貝拉，我不覺得你在短時間內會死，還要好久。」我語帶安慰地說，「你的身體很強壯，非常健康。」

她熱切地表示同意。「對，我非常健康，從來不生病。我想我可能會活到九十歲，你不覺得嗎？或者甚至一百歲。畢竟有人活到那個年紀。」

我試著想像伊莎貝拉九十歲的樣子，但就是沒辦法，倒是可以輕易想像聖盧夫人一百歲的樣子。可是聖盧夫人的個性充滿活力而且強勢，她會影響生命，清楚意識到自己是這些事情的導演和創造者。她和生命戰鬥，而伊莎貝拉只是接受。

蓋布利爾開門走進來，說：「你看，諾瑞斯……」在看到伊莎貝拉時，他住口了。他的舉止有點奇怪而且不自在。我心裡有點好笑地想：是因為聖盧夫人的陰影嗎？

「我們在討論生死。」我愉快地說，「我才剛預言說查特利斯小姐會活到九十歲。」

「我不認為她會想活到那把年紀。」蓋布利爾說，「有誰會想？」

「我會想。」伊莎貝拉說。

「為什麼？」

她說：「我不想死。」

「喔，」蓋布利爾愉快地說，「沒有人想死。或者說，他們不在意死亡這件事，不過他們害怕死亡的過程，那是一件痛苦混亂的事。」

「我在意的是死亡本身，」伊莎貝拉說，「不是痛苦。我可以忍受許多痛苦。」

「那是你以為的。」蓋布利爾說。

伊莎貝拉被他輕蔑口氣中的某個東西激怒了，她臉都紅了。

「我可以忍受痛苦。」

他們看著彼此。他的眼神仍然滿是輕蔑，她則充滿挑戰意味。

接著，蓋布利爾做了一件我不敢苟同的事情。

我剛把香菸放下，他快速跨過我面前，撿起菸，然後就把還在燃燒的菸頭拿到伊莎貝拉的手臂旁。

她沒有退縮或移開手臂。

我想大叫抗議，但他們兩人都沒有理會我。他把燃燒的菸頭壓在她的皮膚上。

身為殘廢的所有屈辱和悲苦，在那片刻全都顯現在我身上——全然無助，不能動彈，無法行動。蓋布利爾的野蠻令我噁心，我卻無法阻止他。

我看到伊莎貝拉的臉色因疼痛而轉為蒼白。她緊閉雙唇，沒有移動，雙眼持續盯著蓋布利爾的眼睛。

「蓋布利爾，你瘋了嗎？」我大叫，「你到底在幹嘛？」

他完全不理會我，彷彿我根本不在房裡一樣。

突然，他迅速地把香菸丟進火爐。

「我向你道歉，」他對伊莎貝拉說，「你是有辦法忍受痛苦的。」

他一說完，立刻離開了房間，一句話也沒多說。

我幾乎說不出話來，試著吐出幾個字。

「那個粗暴的人……野蠻的人……他到底以為他在做什麼啊？他應該被槍斃……」

伊莎貝拉慢慢地用手帕將燙傷的手臂包起來，眼睛盯著門看。她包紮的時候——如果我可以這麼說的話——幾乎是心不在焉，好像心思在別的地方。

然後她恍惚地看著我，表情看起來有點驚訝。

「怎麼了？」她問。

我沒什麼條理地試著告訴她我對蓋布利爾行為的感覺。

「我不知道，」她說，「你為什麼這樣生氣？蓋布利爾少校只是要看看我是否能夠忍受疼痛。現在他知道我辦得到了。」

第十二章

那天下午我們辦了一場茶會。卡斯雷克太太的外甥女來聖盧，她和伊莎貝拉曾經是同學，卡斯雷克太太是這麼說的。我根本沒辦法想像伊莎貝拉上學的樣子，所以，泰瑞莎提議邀請那個外甥女（現在是摩爾東特太太）以及卡斯雷克太太來喝茶的時候，我立刻就答應了。

「安·摩爾東特要來。她以前和你是同學吧？」

「有好幾個叫安的，」伊莎貝拉不是很確定地回答說，「有安·崔恩查德、安·蘭莉和安·湯普森。」

「我忘記她結婚前姓什麼。卡斯雷克太太是有跟我說過。」

結果，安·摩爾東特是安·湯普森。她是個活潑的少婦，舉止強勢而自信，讓人不大舒服（至少我這麼覺得）。她在倫敦的某個政府部門工作，她先生則在另一個政府部門。她有一個小孩，為了方便起見，將小孩托放在某個地方，才不會干擾安·摩爾東特對戰事的重要貢獻。

「雖然我媽媽認為，轟炸已經結束了，我們現在可以考慮把東尼接回來。但說真的，我認為現階段要讓孩子待在倫敦太困難了。公寓太小，又找不到好保母，還有吃飯的問題。而且，當然啦，我整天都不在家。」

「我真的覺得，」我說，「你有這麼多重要的工作，還生小孩，實在非常有公益精神。」

泰瑞莎坐在一個大銀茶盤後面，我看到她微微笑，同時輕輕地對我搖搖頭。

但年輕的摩爾東特太太對我說的話倒沒什麼不滿，事實上，她似乎還滿高興。

「我確實覺得……」她說，「人不該逃避自己的責任。現在很需要小孩，特別是我們這個階級。」就好像後來才想到一樣，她又補充說，「而且，我將一切都獻給了東尼。」

接著她轉向伊莎貝拉，陷入聖尼尼安的往事回憶裡。我感覺在兩人的交談之中，其中一位似乎不大知道自己的角色，安．摩爾東特好幾次都得幫她一下。

卡斯雷克太太有些抱歉地對泰瑞莎低聲說：「抱歉，狄克遲到了。我不知道他是因為什麼事情而耽擱，通常他四點半就會到家。」

伊莎貝拉說：「我想蓋布利爾少校和他在一起。蓋布利爾少校十五分鐘前從露台走過去。」

我很驚訝。我沒聽到有任何人經過。伊莎貝拉是背對著落地窗的，不可能看到有人走過去。我一直看著她，她絕沒有轉過頭，或是表現出任何注意到有人的跡象。當然，我知道她的聽力超乎常人地好，但我想知道她怎麼知道那是蓋布利爾。

泰瑞莎說：「伊莎貝拉，如果你不介意——喔，不，請不用動，卡斯雷克太太——可以請你去隔壁問問他們兩位要不要過來一起喝杯茶嗎？」

我們看著伊莎貝拉高䠷的身影消失在門邊，然後安．摩爾東特說：「伊莎貝拉真的一點都沒變，她還是一樣，總是那個最奇怪的女孩，像在夢裡一樣地走來走去。我們總說是因為她很聰明的關係。」

「聰明？」我尖聲說。

她轉向我。

「對，你不知道嗎？伊莎貝拉聰明得嚇人。我們的校長克緹絲小姐因為她不願意繼續去薩莫維爾[33]念書而非常傷心。她才十五歲就獲得入學許可，還得了好幾個獎。」

我還是傾向認為，伊莎貝拉是個外表迷人但並非有過人天賦的人。我依然不可置信地看著安・摩爾東特。

「她擅長什麼科目？」我問。

「喔，天文學和數學。她的數學好得嚇人，還有拉丁文和法文。只要她想學，沒有學不會的。不過你知道，她一點也不在乎。這讓克緹絲小姐很難過。伊莎貝拉好像只想回來，然後在這個悶熱的舊城堡裡住下來。」

伊莎貝拉和卡斯雷克、蓋布利爾一起回來了。

茶會辦得非常成功。

「泰瑞莎，讓我想不通的是，」那天晚上我對她說，「我們完全不可能得知一個人究竟是什麼樣子。拿伊莎貝拉來說吧。那個叫摩爾東特的女人說她很有頭腦，我自己之前則認為她根本是個智障。還有，我會說她的其中一項特質是誠實，卡斯雷克太太卻說她很狡猾。狡猾耶！多糟糕的詞啊。蓋布利爾說她志得意滿、裝模作樣。你……嗯，其實我不知道你是怎麼想，因為你很少說出對其他人的看法。不過呢，嗯，一個在不同人眼中看來如此不同的人，她的真實面

33 薩莫維爾學院（Somerville College）是英國牛津大學兩所女子學院其中之一，前英國首相柴契爾夫人即畢業於此。

貌到底是什麼？」

很少加入談話的羅伯特不安地動了一下，並出人意料地說：「但那不就是重點嗎？在不同人的眼中，人就是有不同的樣子，事物——譬如說樹或海——也是一樣。也好比兩個畫家畫出來的作品，就會讓人對聖盧港有完全不同的感受。」

「你是說，一個用自然主義的畫法，而另一個用象徵式的嗎？」

羅伯特有點疲倦地搖搖頭。他討厭與人聊繪畫，從來都找不到適當的說法來表達他的意思。「不是，」他說，「他們根本就用不同的方式在『看』。也許可以說——我不知道——你從所有事情裡面挑出對你重要的東西。」

「你覺得我們對人也是如此嗎？但不可能出現兩個完全相反的特質吧？譬如伊莎貝拉不可能同時很聰明又很智障！」

「修，我覺得你對這件事的判斷錯誤。」泰瑞莎說。

「噢，泰瑞莎！」

泰瑞莎微微一笑。她緩緩地、深思地說：「你可以擁有一項特質而不用它，因為你有更簡單的方法可以達到一樣的結果，或者因為……對，那是比較有可能的……因為這樣比較省事。重點是，修，我們所有的人已經離『單純』這麼遠，以至於現在遇上『單純』時都不知道那是什麼了。去感覺一樣事物，比思考它簡單得多，麻煩也少得多。只是在複雜的文明生活裡，單靠感覺不夠精確。

「我可以舉例說明我的意思，你知道的，這有點像是如果有人問你現在是什麼時候，早上、中午還是晚上，你不需要思考就能回答，也不需要精確的知識或是日晷、水鐘、經線儀、手錶、時鐘這類儀器。但如果你與人有約要去趕火車，而需要在特定時間、出現在特定地點，那麼你就得思考，設計一套複雜的機制來達到準確性。

「我想，面對人生的態度也是如此；你感到快樂，你被激怒，你喜歡某人或某物，你不喜歡某人或某物，你感到難過。修，像你和我這種人（羅伯特就不屬於這類型），會揣測自己的感覺，會分析自己的感覺、思考自己的感覺。我們檢視整件事，然後給自己一個理由。『因為這樣那樣，所以我很快樂；因為這樣那樣，所以我喜歡這個那個；我今天很難過，因為這樣那樣。』只不過，往往我們所歸結的理由都是錯的，我們任性地欺騙自己。但是伊莎貝拉，我覺得啦，她不會揣測，不會問自己為什麼，從來不會。因為，老實說，她對此不感興趣。如果你要她思考，告訴你為什麼她對某些事物有她的感受，我想她可以非常準確地想清楚，然後給你正確答案。不過她像被供在壁爐上那種性能好又昂貴的鐘，從未上過發條，因為在她的生活中，知道確切的時間根本不重要。

「可是在聖尼厄安的時候，她被要求要使用她的智力，她確實也發揮了這項能力，但並不是……我應該說，她的智力並不是特別在思索方面，她偏好數學、語言和天文學這類不需要想像力的科目。我們所有人都需要想像力和思索來提供逃脫的管道，一種抽離、跳脫我們自己的方式。伊莎貝拉不需要脫離自己，她可以和自己相處，與自己達到和諧一致。她不需要更複雜的生活方式。

「也許中世紀的所有人都像她那樣，甚至到了伊莉莎白時期還是如此。我在一本書裡看過一句話：所謂『偉大的人』在那時候只有一個意義——一個擁有龐大資產的人，一個有錢有勢的人，就那麼簡單。完全沒有我們後來加諸的精神及道德層面上的意義，這個詞和人格沒有任何關係。」

「你的意思是說，」我說，「這些人面對人生的態度是具體而直接的，他們沒想那麼多？」

「對，哈姆雷特和他思索的那些東西、他的『生存還是死亡』[34]，和那個時代格格不入，以至於從那時開始，有很長一段時間，評論家譴責《哈姆雷特》這齣戲，因為它在情節上有致命的弱點。『沒有任何理由，』其中一人說，『讓哈姆雷特不在第一幕就殺了國王。唯一的理由就是：如果他那時殺了國王，後面就沒戲唱了！』對他們來說，有一齣關於人格的戲是很不可置信的。

「但如今我們全都成了哈姆雷特和馬克白[35]了。我們老是在問自己……」她的聲音突然顯得十分疲憊，「『生存還是死亡？』不管是活著好還是死了好，我們就像哈姆雷特分析（並嫉妒！）符廷霸[36]一樣，分析成功的人。

「現在符廷霸變成易於理解的角色了。他勇往直前、充滿自信，從來不問自己問題。現在還有多少人像他這樣？我想不多了。」

「你覺得伊莎貝拉是女生版的符廷霸？」我問，面帶微笑。

泰瑞莎也露出微笑。

「沒有那麼好戰，不過同樣目標直接、單純率直。她一定不會問自己：『我為什麼是我這個樣子？我真正的感覺是什麼？』她知道自己的感覺，她就是她。」泰瑞莎輕柔地加了一句，「而且只要是她必須做的事，她都會去做。」

「你是說她相信宿命？」

「不。但我不認為她有過任何選擇。她從來不會看到事情有兩種選項的可能，只會有一種；

她也絕不會想到要回頭，總是繼續向前走。對伊莎貝拉來說，沒有回頭這種事……」

「我想知道，我們之中是否有任何人可以回頭！」我忿忿地說。

泰瑞莎冷靜地說：「也許沒有。可是我想，通常都有漏洞。」

「泰瑞莎，你說的到底是什麼意思？」

「我想，人通常會有個逃脫的機會……通常是在事後才發現……等你回顧從前的時候……但總是有的……」

我沉默了一下，抽著菸，陷入沉思……

泰瑞莎話一說完，我腦海裡的記憶突然變得鮮明。我剛到卡洛．史特蘭居薇的雞尾酒派對時，站在門口遲疑了片刻，雙眼還在適應裡面昏暗的燈光和煙霧，接著看到珍妮佛在房間的另一側。她沒看見我，她正在和某個人說話，活潑好動，神色如常。

我意識到兩股強烈而衝突的感覺。首先是勝利的喜悅。我知道我們一定會再見，而現在我直覺的認知得到證明。在火車裡的那次會面不是一個獨立的事件，我一直知道那不是意外，而現在事實證明了我想得沒錯。然而，我在興奮和勝利的喜悅之外，突然想要轉頭離開那個派對……我想要讓那次火車上的會面變成一個獨立事件，一件我永遠不會忘記的事。這就好像有人對我說：「那就是你們可以給彼此最好的東西了——短暫的完美。見好就收吧。」

如果泰瑞莎說得沒錯，那就是我「逃脫的機會」。

34 「生存還是死亡」（to be, or not to be），出自莎士比亞名劇《哈姆雷特》（*Hamlet*）第三幕第一場的經典台詞。

35 《馬克白》（*Macbeth*）是莎士比亞最短的悲劇。

36 符廷霸（Fortinbras），《哈姆雷特》中的挪威王子，其父親因與哈姆雷特的父王比武而斷送性命。最後符廷霸終於奪回父親輸給丹麥的土地。

嗯，我沒有把握那個機會回頭，我讓事情繼續發展，珍妮佛也是。而所有其他事情也就接連發生了。我們相信我們彼此相愛、哈洛路的那輛卡車、我的躺椅，還有浦諾斯樓……

我的思緒回到本來想談的事，回到伊莎貝拉身上。我對泰瑞莎提出最後的抗議。

「但她不狡猾吧，泰瑞莎？這麼糟糕的詞彙，狡猾。」

「我不知道。」泰瑞莎說。

「狡猾耶！伊莎貝拉嗎？」

「狡猾難道不是最早、也最簡單的自衛方式嗎？巧詐難道不是最原始的特性？野兔蹲著不動、松雞故意振翅飛過帚石楠[37]不也是要引開你的注意，以免你靠近牠的巢？修，巧詐當然是最基本的，那是在你被逼到牆角、全然無助時唯一的武器。」

她起身走向門口。羅伯特已經溜去睡覺了。泰瑞莎將手放在門把上，轉過頭。

「我認為，」她說，「你真的可以把你那些藥丟了。你現在不會想要這些東西了。」

「泰瑞莎，」我大叫，「你知道？」

「我當然知道。」

「但是……」我停下來。「你為什麼說我現在不會想要那些東西了？」

「嗯，你想要嗎？」

「不，」我緩緩地說，「你說得沒錯……我不想要。我明天就把它們丟掉。」

「我很高興。」泰瑞莎說，「我一直很擔心……」

我好奇地看著她，「那你為什麼沒有試著把它們拿走？」

她沉默了片刻，然後說：「它們給了你一種慰藉，不是嗎？它們讓你感到安全，讓你知道自己有個出口？」

「對，」我說，「這樣差別很大。」

「那你為什麼還蠢到問我為何沒把它們拿走？」

我大笑出聲。「好啦，明天，泰瑞莎，這些藥明天都會進下水道。我保證。」

「你終於又開始生活了……想要活下去。」

「對，」我一邊思索著，「我想我要重新生活了。我真的不知道是為什麼，但這是真的，我真的對『明天』這件事又感興趣了。」

「你又感興趣了，沒錯。我在想，不知道是因為誰的關係。是因為在聖盧的生活？或是伊莎貝拉．查特利斯？還是約翰．蓋布利爾？」

「一定不是因為約翰．蓋布利爾。」我說。

「我不大確定。那個男人有種特質……」

「確實很有女人緣！」我說，「不過他是我討厭的那種人，我沒辦法忍受那種大言不慚的投機分子。拜託，如果有機會獲利，他連他祖母都會賣掉。」

「我不會感到意外。」

「我一點都不信任他。」

「他不是個非常值得信賴的人。」

我繼續說：「他自吹自擂，明目張膽地追逐名聲。他利用他自己還有其他所有人。你難道

37 帚石楠（heather），多年生灌木，是松雞的主要食物。

認為他會做出任何不求利益的事嗎？」

泰瑞莎沉思地說：「我想他也許會。不過一旦如此，他大概就完蛋了。」

接下來幾天，我一直想著泰瑞莎這句話。

第十三章

接下來的地方盛事是惠斯特紙牌大賽[38]，婦女協會的人籌辦的。大賽總是在浦諾斯樓的大穀倉舉辦，我猜大穀倉是個很特別的地方。熱情的古董迷貪婪地看著這個穀倉，還進行丈量、拍照，以及寫報導。在聖盧，這個穀倉被視為公共財產，居民都以它為傲。

接下來兩天有許多活動，熱鬧得很。婦女協會負責規劃的人員忙進忙出。我很幸運地和人潮保持了距離。不過泰瑞莎有時會介紹一些人給我認識——我只能形容他們是特選的樣品——作為我的消遣和娛樂。

因為泰瑞莎知道我喜歡蜜莉，因此常常讓她來我的起居室，我們一起做各式各樣五花八門的工作，譬如寫票券，或是黏貼裝飾品。

做這些工作的時候，蜜莉對我說了她的人生故事。如同蓋布利爾之前粗暴地告訴我的，我

38 惠斯特紙牌（Whist drive），橋牌的前身，兩人一組、共四人一起玩。風行於十八、九世紀的英國，因此經常舉辦比賽活動。

只能成為一台永遠待命的接收器、聽人說話，唯有如此才能證明我的存在。也許我在其他方面一無是處，但在這件事情上還能派上用場。

蜜莉和我說話時沒有那種強烈的自我意識，只像一條輕柔的小溪娓娓說出自己的故事。她說了很多關於蓋布利爾的事。她對他的英雄崇拜有增無減。

「諾瑞斯上尉，我覺得他很棒的地方是，他人好親切喔；我是說他那麼忙，而且常要趕來趕去，又有那麼多重要的事要做，但他總是記得很多事，說話時都會親切地開開玩笑。我從來沒遇過像他這樣的人。」

「你也許說對了。」我說。

「他有了不起的戰績，卻一點也不驕傲或自負，他對待我就像對待重要人士一樣好。他對每個人都很好，而且記得這些人，以及他們的兒子是不是喪生了，或是在緬甸這種恐怖的地方。他總是知道該說什麼，還有怎麼讓人們笑或打起精神。我不知道他是怎麼辦到這一切的。」

「他一定有在讀吉卜齡的《如果》[39]。」我冷冷地說。

「沒錯。如果有人會在這無情的每一分鐘達到值六十秒的衝刺[40]，我相信那一定是他了。」

「大概會值一百二十秒，」我說，「六十秒對蓋布利爾來說不夠。」

「要是我多懂一點政治就好了。」蜜莉愁眉苦臉地說，「我已經讀完所有的手冊，但我不大會拉票或說服其他人來投票。你知道，我不知道他們說的那些事情的答案。」

「噢，這個嘛，」我安慰她說，「那種東西都只是靠一點小技巧而已。反正對我來說，拉票本身就不道德。」

她不解地看著我。

我解釋說：「你不該嘗試要別人投下違背他們信念的票。」

「喔，我懂了。對，我知道你的意思了。不過，我們確實認為保守黨是唯一可以結束這場戰爭、並且以正確方式達到和平的一群人，不是嗎？」

「勃特太太，」我說，「你真是個模範小保守黨員。你拉票的時候就打算這麼說嗎？」

她臉紅了。

「不，我知道得太少，沒辦法談政治那部分。但我可以說蓋布利爾少校是多麼的好、多麼真誠，還有，將來就是像他這樣的人會扮演重要角色。」

嗯，我心想，那正是蓋布利爾希望的……我看著她泛紅而認真的臉，她棕色的眼睛閃閃發亮，有那麼一刻我很不安地想著：她對蓋布利爾會不會不只是英雄崇拜？

蜜莉的臉就像是在回應我沒說出來的想法一樣，黯淡了下來。

「吉姆覺得我是個大笨蛋。」她自嘲地說。

「是嗎？為什麼？」

「他說我這麼笨，不可能了解政治，反正整件事不過是個騙人勾當。而且他還說……我是指他說我不可能有任何用處，如果我去遊說別人，等於是讓那些人把票投給另外一邊。諾瑞斯上尉，你認為這是真的嗎？」

「不是。」我堅定地說。

39 吉卜齡（Joseph Rudyard Kipling, 1865-1936），英國作家與詩人，一九〇七年獲得諾貝爾文學獎，《如果》（If）是他寫給兒子的勉勵詩。

40 引用自《如果》中的詩句。

她的臉亮了起來。

「我知道我在慌亂的時候會變得很笨，而吉姆總是會讓我感到慌亂。他喜歡讓我難過，他喜歡……」她停了下來，雙唇在顫抖。

接著，她把手上本來在做的白色紙片一撒，開始哭泣；令人心碎而沉痛的啜泣。

「親愛的勃特太太……」我無助地說。

一個無助地躺在椅子上的男人在這種狀態下到底可以做什麼？我沒辦法靠過去拍拍她的肩膀，她坐得不夠近；我無法拿手帕給她；也不能找個藉口搪塞後溜出房間；我甚至不能說：「我去幫你倒杯茶。」

不行，我得發揮我的功能，如同蓋布利爾夠好心（或夠殘忍）才告訴我的話一樣，那是我唯一僅有的功能了。於是我無助地說：「親愛的勃特太太……」然後等待。

「我好不快樂，不快樂到了極點。我現在明白了……我不該嫁給吉姆。」

我輕輕地說：「喔，別這樣，沒有那麼糟，我很確定。」

「他本來那麼爽朗又有幹勁，而且很會說笑。以前我們的馬出問題的時候，他常來看。我爸經營一家馬術學校，你知道。吉姆騎在馬上的樣子，好看得不得了！」

「對，對。」

「他那時候沒喝那麼多酒；也可能他有，只是我不知道。雖然我想我應該要知道的，因為曾有人來告訴我，說他喝太多。但你知道的，諾瑞斯上尉，我並不相信這回事。人就是不聽勸，對不對？」

「人是不聽勸。」我說。

「我以為我們結婚後，他就會戒掉這個習慣。我很確定，他在我們訂婚後就沒喝了。我確定他沒有喝。」

「也許沒有吧。」我說，「男人在追求女人時，什麼事都做得到。」

「他們還說他很殘忍，可是我不相信，因為他對我那麼溫柔，雖然有一次我看到他對一匹馬……對牠發脾氣，懲罰牠……」她顫抖了一下，眼睛半閉著。「我感覺……我感覺非常不一樣……就在那一刻。我對我自己說：『如果他是這種男人，我是不會嫁給他的。』很好笑吧，你知道，突然間我覺得他像個陌生人，根本就不是我的吉姆。如果我那時候毀了婚約會很好笑，對不對？」

好笑不是她真正的意思，然而我們都同意，如果她悔婚確實會很好笑，而且也很幸運。

蜜莉繼續說：「但我還是接受了一切。吉姆解釋了一番，我也了解男人偶爾總會發脾氣，就覺得沒那麼重要了。你知道，我以為我可以讓他很快樂，再也不會想要喝酒或發脾氣。那就是為什麼我這麼想要嫁給他，我想讓他快樂。」

「為了讓他人快樂，不是結婚的真正目的。」我說。

她盯著我看。「可是如果你愛一個人，你想做的第一件事就是讓他快樂，不是嗎？」

「那是對自己的一種間接縱容，」我說，「而且這種情形非常普遍。在婚姻統計中，因此造成的不幸大概比其他任何情況都還多。」

她依然盯著我。我引述幾行艾蜜莉・勃朗特[41]可悲的智慧詩句給她聽：

41 艾蜜莉・勃朗特（Emily Brontë, 1818-1848），英國詩人、小說家，最著名的作品是《咆哮山莊》。

我知道愛人的一百種方法，
每一種都讓被愛的人懊悔憂傷。

她抗議：「好可怕的想法！」

「對他人的愛，」我說，「就是加諸在那個人身上無法忍受的重量。」

「諾瑞斯上尉，你真的很愛說笑。」

蜜莉看起來快要咯咯笑出聲了。

「不要理我，」我說，「我的看法之所以和傳統不同，只因為我經歷過悲傷。」

我避開她眼裡逐漸甦醒過來的同情，把話題拉回勃特身上。我心想，很不巧的，蜜莉就是溫馴、容易受到威嚇的那一型，也是最不適合和勃特那種男人結婚的類型。就我所聽說的事情來看，我猜勃特喜歡馬和女人都有的那種特質；一個愛爾蘭潑婦可能制得住他，激起他內心那種不情願的尊敬。最致命的就是讓他全然掌控一隻動物或一個人。他太太的恐懼退縮以及她的眼淚和嘆息，使得他好虐的個性變本加厲。最遺憾的是，對大部分的男人而言，蜜莉會是一個快樂而成功的妻子（至少我這麼認為）。她會傾聽他們說話、奉承他們，無微不至地關心、照顧他們；她會提高他們的自尊，讓他們有好心情。

我突然想到，她會很適合當蓋布利爾的太太。她對他的抱負也許沒有幫助（但他真的有什麼雄心壯志嗎？我很懷疑），不過她可以安撫他內心的痛苦與畏縮——這些只會偶爾從他那幾乎讓人無法忍受的過度自信中顯露出來。

勃特一方面忽略太太的感受，卻又是個善妒的人，這種人似乎一點也不少見。他一邊奚落他太太的懦弱與愚蠢，對任何向她表現友善的男人卻又恨得牙癢癢。

「諾瑞斯上尉 你不會相信，但他竟然說了蓋布利爾少校很多難聽的話，只因為蓋布利爾少校上禮拜約我和他仕橘子貓喝杯咖啡。他人真好——我是說蓋布利爾少校，不是吉姆——我們在那裡坐了很久，雖然我確定他根本沒那個時間，我們聊了好一陣子，而且談得很愉快，他問我關於我爸爸和馬的事情，還有以前聖盧是什麼樣子。他真是好得沒話說！然後……然後……就讓吉姆說了他說的那些話，又讓他發脾氣。他扭傷我的手臂，我逃開了，把自己鎖在房間裡。我有時候怕死吉姆！……喔，諾瑞斯上尉，我非常不快樂，我真希望死掉算了。」

「不、不，你不會想死的，勃特太太，不會的。」

「喔，可是我真的這麼想。在我身上還會發生什麼事？沒有任何事情可以期待，只會愈來愈糟。吉姆因為喝酒丟了很多工作，那讓他更是生氣。我好怕他。我真的好害怕……」

我盡我所能安撫她。我不認為事情像她想的那麼糟，但她絕對是個非常不快樂的女人。

我告訴泰瑞莎說蜜莉的生活很悲慘，然而泰瑞莎似乎興趣缺缺。

「你不想聽聽是怎麼回事嗎？」我問，帶著一點責備的語氣。

泰瑞莎說：「沒有特別想聽。不快樂妻子的故事都非常雷同，有點千篇一律。」

「說真的，泰瑞莎，」我說，「你真的很無情。」

「我承認，」泰瑞莎說，「同情他人向來不是我的強項。」

「我有種不安的感覺，」我說，「那個可憐的小東西恐怕愛上蓋布利爾了。」

「我應該說，幾乎確定是愛上他了。」泰瑞莎冷淡地說。

「這樣你還是不會替她感到難過嗎？」

「嗯……不會為了這個原因。我想，愛上蓋布利爾應該是個令人愉快的經驗。」

「真想不到，泰瑞莎！你自己不會愛上他了吧，你有嗎？」

沒有，泰瑞莎說，她沒有愛上他。然後又說，很幸運。

我抓住這一點，跟她說她講話不合邏輯，她剛剛才說愛上蓋布利爾會非常愉快。

「對我來說不會覺得愉快，」泰瑞莎說，「因為我一向不喜歡被情感沖昏頭。」

「對，」我沉思地說，「確實如此。但為什麼？我不懂。」

「我沒辦法解釋。」

「試試看。」我要求。

「親愛的修，你真的很喜歡追根究柢耶！我想是因為我對生活缺乏直覺。對我來說，感到自己的意志和腦袋完全被情緒淹沒和推翻是難以承受的。我可以控制自己的行為，某種程度上也能控制自己的想法。對我的尊嚴而言，沒辦法控制情緒是很惱人的事，它讓我覺得羞辱。」

「蓋布利爾和勃特太太之間不會有什麼危險吧？」我問。

「是有一些謠言。卡斯雷克太太有點擔心，她說有很多人在說閒話。」

「那個女人！她敢去胡說八道！」

「就像你說的，她敢。但她代表了輿論，代表了聖盧那些惡毒的八卦人士的意見。而且就我所知，勃特喝了幾杯之後就愛亂說話，這是常有的事。當然啦，大家都知道他是個醋罈子，他說的話很多都要打折扣，可是這些都會變成謠言。」

「蓋布利爾得小心點。」我說。

「小心不是他擅長的事，對吧？」泰瑞莎說。

「你不認為他是真的關心那個女人？」

泰瑞莎想了一會兒才回答：「我想，他很替她感到難過；他是個很容易可憐別人的男人。」

「他不會要她離開她先生吧？那麻煩可大了。」

「是嗎？」

「親愛的泰瑞莎，這樣會搞垮整場秀。」

「我知道。」

「嗯，那就死定了，對不對？」

泰瑞莎帶著奇怪的口吻說：「是約翰．蓋布利爾死定了，還是保守黨死定了？」

「我是在講蓋布利爾，」我說，「不過當然啦，對政黨來說也是一樣。」

「確實，我不大在意政治，」泰瑞莎說，「就算多一個工黨代表進入西敏宮，我也不在乎，雖然這話被卡斯雷克夫婦聽到就糟了。我在想的是，這對蓋布利爾來說會是壞事嗎？假如最後的結果是他變成一個快樂的男人呢？」

「但他極度渴望勝選啊。」我大聲說。

泰瑞莎說，成功和快樂是兩件完全不同的事。

「我不大相信這兩件事能夠相容。」她說。

第十四章

惠斯特紙牌大賽當天早上，卡斯雷克跑來傾吐滿腹的憂慮和沮喪。

「這其中什麼事也沒有，」他說，「當然什麼都沒有！我認識勃特太太一輩子了。她很好，成長背景規矩得很，完完全全是個好女孩。但你知道人們的腦子裡都在想什麼。」

我知道他太太在想什麼，那大概就是他評斷別人想法的標準。

他繼續在房裡走來走去，一邊氣呼呼地揉著鼻子。

「蓋布利爾是個善良的人。他對她很好，但是他太粗心大意了；在選戰期間是容不得你粗心大意的。」

「你真正的意思是，容不得你對人太友善。」

「沒錯……沒錯。蓋布利爾對人太友善了，尤其在大庭廣眾之下。他早上和她在橘子貓喝咖啡，這樣不好看。為什麼要和她在那裡喝咖啡呢？」

「他為什麼不能這麼做？」

卡斯雷克不理會我這句話。

「所有的老太婆都在那個時候吃早餐。據我所知，有天早上他又陪她在鎮上走了好長一段路，還幫她提購物袋。」

「所有的保守黨紳士都會這麼做。」我喃喃地說。

卡斯雷克依然不理會我的話。

「然後有一天他順道載了她一程，到史普拉格農場那裡。路程那麼遠，看起來就像他們一起出去玩。」

「現在已經是一九四五年，不是一八四五年啦。」我說。

「這裡沒什麼變。」卡斯雷克說，「我指的不是新的度假小屋和那群自命為藝術家的人，他們跟得上時代，沒有道德感可言，但反正他們都是投給工黨的。我們要擔心的是鎮上那群穩固不變、值得尊敬、比較老派的人。蓋布利爾真的得小心一點。」

半個小時後，蓋布利爾衝進我的房裡，氣得七竅生煙。卡斯雷克之前才圓滑地向他重述了這些事，而結果就和在對的時機圓滑地發表意見所會得到的回應一樣。

「卡斯雷克，」他說，「根本是三姑六婆！你知道他居然有臉跟我說什麼嗎？」

「知道，」我說，「我全都知道了。對了，現在是我的休息時間，我不想接待訪客。」

「放屁！」蓋布利爾說，「你不需要休息。你一直都在休息。你得聽我說說對這件事的看法。混蛋！我得找人發洩一下。就像那天告訴你的，這是你唯一的用處，所以有人想自言自語的時候，你不如下定決心優雅地聽聽人家說什麼吧！」

「我記得你那時候的用字遣詞特別迷人。」我說。

「我那樣說是為了氣你。」

「我知道。」

「我想我那麼說是殘酷了點，但畢竟太容易生氣對你也沒好處。」

「其實，」我說，「你那麼說倒是讓我振作起來。我一直圍繞在體貼和圓滑的話之中，能聽到坦率的談話反而鬆了一口氣。」

「你愈來愈上道了。」蓋布利爾說，然後繼續傾吐他自己的事情。

「我請一個不快樂的女孩在公共咖啡廳喝杯咖啡，一定要被懷疑有不道德的行為嗎？」他質問，「為什麼我要理會那些腦袋像下水道一樣的人？」

「嗯，你想成為國會議員，不是嗎？」我說。

「我會成為國會議員。」

「卡斯雷克的重點是，如果你這樣炫耀你和勃特太太的友誼，你就不會成為國會議員。」

「這些人真卑鄙！」

「喔，對啊，對！」

「一副政治不是世上最齷齪勾當的樣子！」

「又說對了，沒錯。」

「不要笑，諾瑞斯。我覺得你今天早上實在有夠討人厭。如果你認為我和勃特太太之間有什麼不應該的事，那你就錯了。我替她感到難過，如此而已。我從來沒對她說過什麼她丈夫或聖盧整個監視委員會想聽而不能聽的話。老天，如果你事先想想我在女人方面有多麼克制，而且我很喜歡女人耶！」

他很受傷。這件事本身也有它的幽默之處。

他認真地說：「那個女人非常不快樂。你不知道……你沒法猜到她得忍受什麼樣的事情。她一直以來多麼勇敢、多麼忠誠，而且毫不抱怨，她說一定有部分是她的錯。我想修理勃特一頓，他是個徹徹底底的野蠻人。我搞定他之後，連他媽都不會認得他！」

「老天爺！」我大叫，非常驚恐。「蓋布利爾，你就不能謹慎一點嗎？公開和勃特一鬧，你勝選的機會就沒了。」

他大笑出聲，然後說：「誰知道？也許值得啊。我跟你說……」他突然停了下來。

我看了看是什麼事情讓他停下來。是伊莎貝拉，她剛穿過落地窗走過來。她向我們兩人道了聲早安，然後說泰瑞莎要她今晚來幫忙穀倉那邊的準備工作。

「查特利斯小姐，我希望你能賞光，讓我們蓬蓽生輝吧！」蓋布利爾說。

這幾句話混合了油腔滑調和活潑開朗的口氣，一點也不適合他。伊莎貝拉似乎總是對他有負面影響。

她說：「會。」又補充了一句：「這些事情我們都會參與。」

然後她去找泰瑞莎。接著蓋布利爾就爆發了。

「公主殿下真是友善，」他說，「非常能降低身分屈就。她人真好，願意和平民百姓打成一片！真有禮貌！我跟你說，諾瑞斯，一打像伊莎貝拉．查特利斯這種裝模作樣的女生，還比不上一個蜜莉．勃特！伊莎貝拉．查特利斯，她到底是誰啊？」

伊莎貝拉究竟是誰似乎很明顯，但蓋布利爾繼續談論這個主題。

「一文不名。生活在破爛老舊的城堡裡，裝得比別人高貴。整天沒事在那裡晃來晃去、玩弄手指，希望那個寶貝繼承人會回來娶她。她從沒見過他，而且一點也不在乎他，卻願意嫁給他。喔，沒錯，我呸！這種女生讓我想吐。想吐，諾瑞斯。被寵壞的北京狗，她們就是那樣。聖盧夫人，她想成為聖盧夫人。現在當聖盧夫人到底有什麼好處？所有那種東西都下台一鞠躬了。滑稽喜劇，現在那些東西就是滑稽喜劇，音樂廳裡的笑話。」

「說真的，蓋布利爾，」我說，「毫無疑問你入錯陣營了。你可以在威爾布萊漢的講台上發表偉大的演說。你為什麼不換邊站呢？」

「對那種女生來說，」蓋布利爾依然氣呼呼的，「蜜莉．勃特不過是個獸醫的太太！一個在政治宴會上被瞧不起的對象，不會被邀請去城堡喝茶。喔，不會的，還不夠格去喝茶！我告訴你，蜜莉．勃特比六個伊莎貝拉．裝模．作樣．查特利斯還要好。」

我堅決地閉上眼睛。

「蓋布利爾，你可不可以走開？」我說，「不管你說什麼，我還是一個病重的人，我堅持我要休息。我覺得你實在很令人厭煩。」

第十五章

每個人對約翰·蓋布利爾和蜜莉·勃特的事情都有意見，而且遲早所有人都會來告訴我這件事。在惠斯特紙牌大賽的準備期間，我的起居室變成大家的休息室，人們在這裡喝茶或來杯雪莉酒充電。泰瑞沙當然可以把他們擋在門外，但她沒有那樣做，而我很高興她沒有，因為我發現自己對那些馬路消息、那些不良居心和淡淡的嫉妒迅速蔓延的模式非常感興趣。

我很確定，蜜莉和蓋布利爾之間不存在什麼特殊的東西，他這邊是友善和同情，而她那一邊則是英雄崇拜。

不過我很不情願地發現，現在的情況隱含了一些新發展，如同那些惡毒的謠言所期待的一樣。蜜莉十之八九已經愛上蓋布利爾了，雖然嚴格說來她是無辜的，而她自己可能還沒發覺。蓋布利爾基本上是個感官動物，他保護女性的騎士風度隨時可能轉變成激情。

我想，要不是因為選舉的迫切需要，他們的友誼大概已經演變成戀情了。我猜想，蓋布利爾是個需要被愛、同時被崇拜的男人，只要他有呵護的對象，就能平息他骨子裡蛇蠍般的惡毒；蜜莉就是那種需要被呵護的女人。

我諷刺地想著，這會是那種比較好一點的偷情行為——基於愛、同情、仁慈和感激，而不那麼出於情慾。不過，這毫無疑問仍會被視為偷情，而聖盧大部分的選民並不會用「情有可原」的眼光來看待這段婚外情，他們會讓私生活潔白無瑕的威爾布萊漢以破紀錄的選票當選；要不然就是坐在家裡，完全不去投票。無論如何，蓋布利爾是靠他個人的號召力在打這場選戰，選舉結果得由蓋布利爾自己承擔，而不是算在邱吉爾身上。蓋布利爾現在可說是如履薄冰。

「我知道也許我不該提這種事。」崔西莉安夫人氣喘吁吁地，她剛剛走得很快。她脫掉灰色法蘭絨大衣，很感激地喝了一口盛在崔格麗絲姑婆留下的洛金恩[42]茶杯裡的茶。接著壓低聲音，一副有密謀的樣子。「不過，我想知道有沒有人跟你講了什麼關於……關於勃特太太和……和我們候選人的事。」

她像隻憂慮的小獵犬般看著我。

「恐怕，」我說，「有人講了一些閒話。」

她親切的臉看起來非常擔心。「噢，天啊，」她說，「我希望他們沒有說。她人很好，你知道的，確實非常好，一點都不是那種會……我是說，這樣真的很不公平。當然啦，如果有什麼事情，任何需要小心的事……哎呀，那麼他們就會很小心，不會讓任何人知道了啊。就是因為沒什麼，也沒有什麼好躲躲藏藏的，他們才會沒有，嗯……沒有想到……」

這時查特利斯太太大跨步走進來，氣急敗壞地說了些和馬有關的事情。

「這麼粗心，真是不要臉，」她說，「那個叫勃特的男人完全不能信賴。他愈喝愈多，而且現在從他的工作表現上已經看得出來了。當然啦，我一直都知道他對狗一點辦法也沒有，不過之前他還有辦法處理馬和牛的事，農場主人都很信賴他。但我聽說波尼希的母牛在生產時死了，只因為他的疏忽。現在班特利的母馬也遭殃了。他再不小心點，會斷了自己的生路。」

「我正好在跟上尉說勃特太太的事，」崔西莉安夫人說，「問他有沒有聽說些什麼……」

「那些全都是胡說八道！」查特利斯太太粗聲說，「但很難擺脫這些閒言閒語。現在他們說勃特就是因為那樣才喝這麼多；愈來愈多胡言亂語。早在蓋布利爾出現之前，他就已經喝太多了，而且會打老婆。」

「不過，」她又說，「還是得做點什麼。得找人跟蓋布利爾少校說說。」

「我想，卡斯雷克已經跟他提過了。」我說。

「那個人說話一點技巧也沒有，」查特利斯太太說，「我猜蓋布利爾一定勃然大怒吧？」

「對，」我說，「他確實如此。」

「蓋布利爾是個大笨蛋，」查特利斯太太說，「心軟……這就是他的問題。嗯，那得找人跟『她』說說，暗示她在選舉前和他保持距離。我想她根本不知道人家說什麼。」她轉向崔西莉安夫人，「艾涅絲，你最好去跟她說說。」

崔西莉安夫人臉色發紫，以極為顫抖的聲音說：「喔！真的，茉德，我不知道該怎麼說。我確定我是非常不合適的人選。」

「嗯，我們絕不能冒險讓卡斯雷克太太去做這件事，那女的根本是毒藥。」

「完全同意。」我說，十分認同。

「而且我懷疑她自己根本就在背後散布謠言。」

42 洛金恩（Rockingham），十九世紀知名的瓷器製造商，其陶瓷產品供英國及其他國家的皇室貴族使用。

「喔，肯定不會的，茉德，她不會做出對我們自己候選人的選情有害的事情。」

「艾涅絲，我在軍團裡看過的事，」查特利斯太太陰鬱地說，「會讓你很驚訝。一旦一個女人想惡意中傷別人，其他的事似乎都不重要了，包括丈夫升遷的機會、『所有的一切』。如果你問我，」她繼續說，「我會說她自己想和約翰．蓋布利爾調調情。」

「茉德！」

「你問問諾瑞斯上尉怎麼想好了。他也在場，而且人家說旁觀者清啊。」

兩個女人滿懷期待地看著我。

「我當然不認為……」我開口說，然後改變心意，「我想你說的完全正確。」我對查特利斯太太說。

我突然理解卡斯雷克太太那些說了一半的話，以及她眼神背後的意義。我想，雖然表面看來機會不大，但很有可能的是，卡斯雷克太太不但沒有試著撲滅滿天飛的謠言，還可能暗中煽動這些閒言閒語。

這真是個……我心想，令人不快的世界。

「如果要應付蜜莉．勃特，我想諾瑞斯上尉是最合適的了。」查特利斯太太出人意料地說。

「不要！」我大叫。

「她喜歡你，而且殘障者總有優勢。」

「喔，我完全同意。」崔西莉安夫人說。聽到這個可以讓她卸下不愉快任務的建議，她感到非常高興。

「不要！」我說。

「她現在在穀倉布置場地。」查特利斯太太神采奕奕地站了起來。「我會叫她過來，告訴她說這裡有杯茶在等她。」

「我不會做那種事情。」我大叫。

「喔，你會的。」查特利斯太太說。她這個上校夫人畢竟沒白當。「我們都得做點什麼，避免讓那些恐怖的社會主義分子選上。」

「這是為了幫助邱吉爾先生。」崔西莉安夫人說，「畢竟他為這個國家做了這麼多事。」

「他現在已經幫我們打贏了大戰，」我說，「應該讓他歇口氣來寫他的大戰史了（他是我們這個時代最好的作家之一），然後在工黨搗亂我們和平的同時好好休息。」

查特利斯太太神采奕奕地穿過落地窗出去了。我繼續對崔西莉安夫人說：「邱吉爾先生該休息了。」

「想一想工黨會把事情弄得多麼亂七八糟！」崔西莉安夫人說。

「想一想不管誰都會把事情弄得亂七八糟。」我說，「在戰後，沒有人不會把事情弄得亂七八糟。說真的，你不覺得不是我們的人搞得亂七八糟會比較好嗎？反正……」就在我聽到腳步聲和外面的聲響時，我又心急如焚地說：「很明顯你們才是最適合去暗示蜜莉的人。這種事情最好由女人去跟她說。」

但崔西莉安夫人搖搖頭。

「不對，」她說，「不會比較適合，真的不會。茱德說得沒錯，你才是適當人選。我確信她會了解的。」

我想，最後一個代名詞「她」指的是蜜莉。我自己則是嚴重懷疑她是否會了解。

查特利斯太太把蜜莉帶到起居室，像海軍驅逐艦護衛商船那般。

「這裡有茶，」她輕鬆地說，「你倒一杯，然後坐下來陪陪諾瑞斯上尉吧。艾涅絲，你來一下，你把獎品拿去哪裡了？」

兩個女人快速離開起居室。蜜莉倒了茶，在我身邊坐下。她看起來有點疑惑。

「沒發生什麼事吧？」她問。

如果她沒用這句話開場，或許我會逃避這項強加在我身上的任務。但事實上，這句開場白讓我比較好開口傳達她們要我說的事。

「蜜莉，你是個很好的人，」我說，「你有沒有發現，很多人並不是什麼好人？」

「諾瑞斯上尉，你這話是什麼意思？」

「聽著，」我說，「你知道關於你和蓋布利爾少校有很多不好的閒言閒語嗎？」

「關於我和蓋布利爾少校？」她盯著我看，整張臉慢慢漲紅，都紅到髮線了。這讓我有點尷尬，於是我轉移視線。「你是說不只吉姆……外面的人也這麼說？他們真的認為……」

「在選舉的時候，」我說，很討厭這樣的自己，「候選人要特別小心謹慎。他必須像聖保羅說的，連表面看來邪惡的事都要避免……你明白嗎？就像和他在橘子貓喝咖啡這種小事，或是他在街上與你碰面，然後幫你拿袋子，這樣就足以讓人家說閒話了。」

她睜大那雙棕色眼睛害怕的望著我。

「但你相信我和他從來就沒什麼，他從沒說過什麼話，對吧？他只是非常、非常親切，你是這樣想的吧？就是這樣而已！真的，只是這樣而已。」

「當然，我知道。可是一個候選人連當好人都不行。我們的……」我很不是滋味地加了一句，「政治理想就是這麼純粹。」

「我不會傷害他，」蜜莉說，「絕對不會。」

「我確信你不會。」

她哀求地看著我。

「我該怎麼做……才能彌補？」

「我會簡單地建議你……嗯，到選戰結束之前都不要接近他。可能的話，盡量不要在公共場合讓人看到你們在一起。」

她很快地點點頭。「好，這是當然的。諾瑞斯上尉，非常感謝你告訴我，我永遠不會想到這些事。我……他對我這麼好……」

她站起身，要不是蓋布利爾在這個時候進來，一切本來可以畫下令人滿意的句點。

「哈囉，」他說，「你們在做什麼？我剛從一場集會過來，說話說到喉嚨都啞了。有雪莉酒嗎？我待會還要去拜訪一些媽媽們，喝威士忌會讓嘴裡有味道。」

「我得走了，」蜜莉說，「再見，諾瑞斯上尉。再見，蓋布利爾少校。」

蓋布利爾說：「等等，我送你回家。」

「不，不用。我……我得趕快離開了。」

他說：「好吧，那我就犧牲那杯雪莉酒吧。」

「拜託不要！」她滿臉通紅，非常困窘。「我不要你來。我……我想自己回去。」

她幾乎是用跑的離開房間。蓋布利爾轉過身來對著我。

「誰跟她講了什麼？你嗎？」

「我有和她談過。」我說。

「你插手管我的事是什麼意思？」

「我一點也不在乎你的事。這是保守黨的事。」

「你又在乎保守黨的事了？」

「仔細想想的話，我並不在乎。」我承認。

「那你幹嘛管別人的閒事？」

「如果你想知道的話，是因為我喜歡勃特太太，如果她之後覺得你輸了這場選舉和你們的友誼有任何關聯，她會非常不開心。」

「我不會因為和她的友誼而輸掉選戰。」

「蓋布利爾，你很可能會輸。你低估了那些腥羶想像的力量。」

他點點頭。「誰叫你去跟她說的？」

「查特利斯太太和崔西莉安夫人。」

「那些老巫婆！還有聖盧夫人？」

「沒有，」我說，「聖盧夫人和這件事無關。」

「如果我知道是她在發號施令的話，」蓋布利爾說，「我會帶蜜莉．勃特離開去度週末，他們全都滾一邊去吧！」

「你那樣會把事情毀得一乾二淨！」我說，「我還以為你想要打贏這場選戰？」

他露出笑容，恢復好心情。「我會贏啦。」他說。

第十六章

那天晚上是整個夏天最美的夜晚之一。人們成群結隊地到大穀倉去，那裡有華麗的禮服、舞蹈，還有真正的患斯特牌大賽。

泰瑞莎把我推去看看這幅景象，每個人看起來都精力充沛。蓋布利爾的狀態很好，他能言善道，和群眾打成一片、對答如流，看起來格外開心而自信。他似乎特別關照在場的女士們，對她們表現出相當誇張的態度。我覺得他這麼做很聰明。他高昂的情緒感染了現場，所有事情都進行得非常順利。

聖盧夫人清瘦見骨、氣勢不凡，活動由她開場。她的出席被視為一種榮幸。我發現人們對她又愛又怕。她是個偶爾會毫不遲疑地發表自己想法的女人，但另一方面，她親切的舉止雖然不引人注目，卻非常真實，而且她對聖盧鎮及其變化非常感興趣。

「聖盧城堡」非常受到敬重。大戰初期，分派寄宿的軍官正在煩惱沒地方安置疏散的民眾時，就收到一則來自聖盧夫人的訊息，態度毫不妥協：為什麼她沒被分配到疏散的民眾？

潘吉利先生吞吞吐吐地解釋，說他不願意麻煩她，因為有些孩子很沒規矩。而她回答：「我們當然該盡自己的責任。這裡絕對容得下五個學齡的孩子，或是兩位媽媽和她們的家人，看你選擇哪一種。」

兩位媽媽和她們的家人這個選項一直不大成功。城堡充滿回音的長石廊嚇壞了這兩個倫敦女人，她們怕得發抖，喃喃說著有關鬼的事。海上的強風吹來時，暖氣不足的城堡讓她們冷到縮成一團、牙齒打顫。住過愉快溫馨又人來人往的倫敦之後，這裡對她們來說是惡夢一場。她們很快就離開了，換了幾個學齡孩子過來，對他們來說，城堡是世界上最刺激的地方之一，他們在斷垣殘壁之間爬上爬下，不厭其煩地尋找傳說中的地下通道，而且非常喜歡城堡裡回音不斷的長廊。他們乖乖地讓崔西莉安夫人像媽媽一樣照顧他們，對聖盧夫人既著迷又敬畏，查特利斯太太則教他們不要害怕小狗和馬兒。而他們和康瓦爾來的老廚師相處得很好，他會做番紅花麵包給他們吃。

後來聖盧夫人向分派寄宿的軍官抗議了兩次。有些孩子被分配到偏僻的農場；根據她的說法，那些農場主人既不友善也不值得信任，她堅持要他去調查一下，結果發現，其中一個農場主人根本沒有提供充足的食物給孩子；另一個雖然有給予足夠的食物，卻疏於照顧，害得那些孩子都髒兮兮的。

這一切都讓這位老夫人更加受到敬重。人們說，城堡裡不容許事情出錯，

聖盧夫人沒有留下來讓惠斯特大賽增光太久，她和她妹妹、妯娌一起離開。伊莎貝拉留下來幫忙泰瑞莎、卡斯雷克太太和其他人。

我自己待在那裡看了二十分鐘左右，然後羅伯特把我推回浦諾斯樓。我請他讓我留在露台上。那是個溫暖的夜晚，月光美極了。

「我在外面這裡就好。」我說。

「好。你要不要一條毯子或什麼之類的？」

「不用，還滿暖和的。」

羅伯特點點頭。他轉過身大步向穀倉走去，他還有點事情要做。

我平靜地躺在那裡抽菸。城堡的影子投在月光照亮的海面上，看起來更像布景道具了。陣陣音樂與說話聲從穀倉的方向傳來。我身後的浦諾斯樓一片漆黑，只有一扇窗是開著的。微弱的月光看起來就好像一條從城堡通向浦諾斯樓的步道。

沿著這條步道，我自娛地想像一個穿著發亮盔甲騎在馬上的身影，年輕的聖盧男爵回家了……可惜，比起鎖子甲，戰鬥服少了一些浪漫色彩。

不同於從遠方穀倉傳來的喧鬧人聲，近處是許多夏夜的聲音，有細小的吱吱聲和沙沙聲——小動物爬來爬去、樹葉在搖擺，還有遠處微微傳來的貓頭鷹叫聲……

一種模糊的滿足感在我身上漸漸擴散開來。泰瑞莎說的果然沒錯……我又活起來了。珍妮佛和過去的種種就像一個不真實的大夢，與我隔著一片痛苦、黑暗又死氣沉沉的泥淖，直到現在，我才從爛泥中爬出來。我不可能重拾往日的人生，一切都已經切割得乾乾淨淨。如今我展開的是一個新的人生。這個新的人生會變成什麼模樣呢？我要怎麼形塑這個人生？新的修．諾瑞斯是誰，又是怎麼樣的人？我感覺到自己的興趣被喚起了。我知道什麼？可以盼望什麼？我要做什麼？

我看到一個高大、穿著白衣的身影從大穀倉出來，那個身影猶豫了一下之後朝我的方向走來。我馬上知道那是伊莎貝拉。她走了過來，坐在石椅上，和諧的夜晚就此圓滿。

我們有好長一段時間不發一語。我很快樂，不希望說話破壞了這種感覺，甚至不想思考。直到海上突然吹來一陣微風，吹亂了伊莎貝拉的頭髮，她舉起手來撥弄髮絲，這才解除了咒語。我轉過頭去看她，她正凝視著那條通向城堡的月光步道，就和我之前一樣。

「魯帕特應該今晚會來。」我說。

「對。」她的聲音有點哽住了。「應該是。」

「我一直在想像他到來的樣子，」我說，「穿著鎖子甲，騎在馬上。不過說真的，我想他應該會穿著戰鬥服、戴著貝雷帽。」

「他一定要趕快來，」伊莎貝拉說，「噢，他一定要趕快來……」

她聲音裡透著急迫，幾乎是苦惱。

我不知道她在想什麼，但我有點為她擔心。

「別太在意他要來的事，」我警告她，「事情總是會變。」

「有時候確實如此，我想。」

「你期待某件事情，」我說，「而它並不存在……」

伊莎貝拉說：「魯帕特一定要趕快回來。」

她的聲音非常苦惱，真的很急迫。

要不是這時蓋布利爾從大穀倉出來加入我們，我就會問她是什麼意思。

「諾瑞斯太太請我來看看你有沒有想要什麼，」他對我說，「譬如來一杯？」

「不用了，謝謝。」

「你確定？」

「很確定。」

他不怎麼理會伊莎貝拉。

「你自己去倒　杯吧。」我說。

「不用，謝了。我不想喝。」他停了一下然後說，「美好的夜晚。在這樣一個夜晚，年輕的羅倫佐[43]就如此如此，這般那樣。」

我們三個人都沉默不語。大穀倉傳來隱約的樂音。蓋布利爾轉向伊莎貝拉。

「查特利斯小姐，你想不想跳支舞？」

伊莎貝拉起身，用她客氣的聲音喃喃地說：「謝謝，我很想。」

他們有些不自然地一起離開，彼此沒有說話。

我開始想珍妮佛的事。不知道她現在在哪裡，又在做什麼。她快不快樂？有沒有找到如人家說的「另一個人」？我希望她有。我真的很希望她找到了。

想想珍妮佛的事並沒有什麼痛苦，因為我認識的那個珍妮佛從來沒有真的存在過，她是我捏造出來取悅自己的，我從來不為真正的珍妮佛傷腦筋。在她和我之間，還有一個關心珍妮佛的修．諾瑞斯這號人物。

我依稀記得小時候，小心翼翼地踩著搖搖晃晃的腳步走下一大段階梯的景象。我聽得見自己聲音的微弱回聲，自命不凡地說「修要下樓了……」這之後，那孩子學會說「我」，然而在他內心深處，仍有個地方是這個「我」到不了的。在那裡，他仍然不是「我」，而是個旁觀者，他

43 羅倫佐（Lorenzo），莎士比亞《威尼斯商人》（*The Merchant of Venice*）中的角色，他和商人夏洛克（Shylock）的女兒潔西卡（Jessica）私奔。

看見自己在一幅幅畫面之中。我看到修安慰珍妮佛、修是珍妮佛的全世界、修要讓珍妮佛快樂起來，以及補償曾發生在她身上的一切。

對，我突然想到，就和蜜莉一樣。蜜莉決定嫁給勃特，看著自己讓他快樂起來，治癒他酗酒的問題，根本不曾用心去認識真正的勃特。

我試著把這個過程套用在蓋布利爾身上。他為這個女人難過，逗她開心、對她親切，並一路幫助她。

我再轉換到泰瑞莎。泰瑞莎嫁給羅伯特，泰瑞莎……

不行，行不通。我心想，泰瑞莎是成人了……她已經學會說「我」。

兩個身影從穀倉裡出來，他們沒有朝我這裡走來，反而轉向另一頭，下了階梯，往下面的露台和水池花園走去……

我繼續內心的探索。崔西莉安夫人看著自己說服我恢復健康、對人生不再索然無味；查特利斯太太將自己看做一個總是知道如何正確處理事情的人，在她眼裡，她仍是軍團上校身邊辦事俐落的夫人。嗯，又有什麼不可以？人生很苦，我們必須有我們的夢。

珍妮佛也有夢嗎？真正的珍妮佛是什麼樣子？我曾想了解嗎？我不也總是看到我想看的，那個忠誠、不快樂又那麼棒的珍妮佛？

她真正的樣子是什麼？沒有很棒，沒有很忠誠（這麼一想還真是如此），絕對是很不快樂……她打定主意要不快樂。我躺在那裡的時候——這樣一個殘缺不堪的廢物——看著她懊悔與自責。一切都是她的錯，她的過失。這一切除了表示珍妮佛把自己當作一個悲劇角色之外，還有什麼意義？

所有發生的一切，一定都是起因於她，這就是珍妮佛，一個不快樂的悲劇角色，因為她，所有的事都出差錯，而她也把其他所有人發生的問題都怪責到自己身上。蜜莉可能也會做同樣的事。蜜莉……我的想法突然從人格理論轉換到實際的日常問題；她今晚沒有來。或許她這麼做很有智慧。她的缺席不會也引起閒言閒語吧？

我突然打了個哆嗦、嚇了一跳；我剛才肯定差點就睡著了，天氣變冷許多……

我聽到腳步聲從下面的露台傳來。是蓋布利爾，他向我走來，我發現他步伐有點不穩，不知道是否喝多了。

他走過來，我被他的樣子嚇了一跳。他的聲音很沙啞，說話含糊不清，外表看起來就像一個喝醉了的男人，但並不是酒精讓他變成那個樣子的。

他大笑，就像喝醉酒的笑。

「那個女生！」他說，「那個女生！我跟你說，那女生就和其他女的沒有兩樣嘛。也許她看似不食人間煙火，其實也不過就是個平凡的人。」

「蓋布利爾，你在說什麼？」我厲聲問道，「你喝酒了嗎？」

他又大笑一聲。「問得好！沒有，我沒有喝酒，我還有比喝酒更好的事情可做。好一個驕傲自大的女人！高高在上的淑女是不能和平民老百姓有任何瓜葛的！我要讓她看看自己真正的歸屬。我要拉下她的傲氣，讓她看到自己是什麼樣的人，也就是一個普通人啊。我很久以前就告訴你，她不是什麼聖潔的女人，光看那個嘴唇就知道不可能……她是個人，和我們一樣。你要跟哪個女的做愛就去做吧，她們全都一樣……全都一樣！」

「喂，蓋布利爾，」我憤怒地說，「你剛剛去做什麼了？」

他發出一連串笑聲。

「我玩得很痛快，老兄，」他說，「那就是我一直在做的事，盡情享受……真是有夠快樂。」

「如果你用任何方式侮辱了那個女孩……」

「女孩？她是個成熟的女人。她知道自己在做什麼，或者說她應該要知道。她是女人了啦，相信我。」

他又笑了。這個笑聲的回音困擾了我好幾年。那是一種粗俗而重物質層面的咯咯笑聲，令人厭惡極了。我從那時候開始厭惡他，之後這種厭惡也一直持續下去。

我強烈意識到自己無助、動彈不得的狀態，他輕蔑的一瞥讓我更加意識到這個事實。我想不出有任何人可以比那一晚的蓋布利爾更令人作嘔。

他又笑了，然後搖搖晃晃地走向穀倉。

我看著他，心裡充滿怒氣。然後，就在癱瘓之苦依然在我腦海裡盤繞之際，我聽到有人踩著階梯走上露台。這次是比較輕盈、比較沉靜的腳步聲。

伊莎貝拉踏上露台，走過來我這邊，然後在我身旁的石椅上坐下來。

她的動作一如往常般自信而平靜。她沉默地坐在那裡，就和稍早之前一樣。然而我意識到，而且是非常清楚地意識到一種差異，即使外表看不出來，她卻好像在尋求一種安心感。她心裡有某個東西被驚醒了。我很確定，她感到十分苦惱，但我不知道、甚至沒法猜測是什麼事情正掠過她的腦海，也許她自己也不知道吧。

我支支吾吾地說：「親愛的伊莎貝拉……你沒事吧？」

我不大清楚自己指的是什麼。

她馬上回說：「我不知道……」

幾分鐘之後，她把手悄悄放在我的手裡；那是個充滿信任的美好動作，一個我從未遺忘的動作。我們什麼話也沒說，坐在那裡將近一個小時。然後人們開始從大穀倉裡出來，許多女人邊走邊聊，在路上互相恭喜所有事情順利進行，然後其中一個女人載了伊莎貝拉回家去。

一切都像夢一般不真實。

第十七章

我以為蓋布利爾隔天會避開我，但他的行為總是令人無法解釋。他不到十一點就進來我的房間。

「我希望能和你單獨談一下。」他說，「我猜昨晚我把自己的臉都丟光了。」

「可以這麼說。我應該會說得更重一點。蓋布利爾，你根本就是一頭豬。」

「她說了什麼？」

「她什麼也沒說。」

「她很苦惱嗎？很生氣嗎？可惡，她一定說了什麼吧。她和你在一起將近一小時耶。」

「她什麼也沒說，完全沒有。」我重複說。

「我向神祈求，要是我從來沒……」他停下來。「聽好，你不會以為是我引誘她吧？沒那回事。老天爺，沒有。我只是……嗯……和她親熱了一下，如此而已。月光、漂亮的女孩……嗯，我是說這種事在任何人身上都有可能發生。」

我沒有回答。蓋布利爾對我的沉默做出回應，好像我說了什麼一樣。

「沒錯，」他說，「我並不特別自豪。但她讓我瘋狂，從我認識她以來就一直如此，她看起來一副神聖不可侵犯的樣子，這也是我昨天晚上會和她做愛的原因。對，而且還不是很美好的那種……其實挺野蠻的。不過諾瑞斯，她回應了……她也不過是個人嘛，就和週六夜晚隨便任何一個小妞一樣。我敢說她現在恨死我了，我整晚都沒闔過眼……」

他激動地走來走去。然後又問了一次：「你確定她什麼都沒說？什麼都沒有？」

「我說過兩次了。」我冷冷地說。

他抱著頭。這或許是個滿好笑的動作，但其實是很悲慘的。

「我完全不知道她在想什麼，」他說，「我對她一點也不了解。她在一個我碰不到的地方，就像比薩牆上該死的畫像，她們備受恩寵、坐在天堂的樹下、面帶微笑。我不得不把她拖下來……不得不！我再也受不了了。我告訴你，我就是受不了。我想挫挫她的銳氣，將她拖回塵世，看她羞恥的樣子。我要她和我一起下地獄……」

「拜託，蓋布利爾，閉嘴！」我生氣地說，「你還要不要臉啊？」

「我就是不要臉。如果你經歷過我經歷過的事，你也會這樣。這幾個星期以來，我真希望我從來沒見過她，希望我可以把她忘了，希望我根本不知道她的存在。」

「我完全不知道……」

他打斷我的話。「你什麼也不會知道。你從沒關心過眼前其他人的事！你是我見過最自私的人，完全沉浸在自己的感受裡。你看不出來我被打敗了嗎？再有這種事的話，我才不在乎有沒有被選進國會。」

「對國家來說，」我說，「也許是件好事。」

「事實是，」蓋布利爾幽幽地說，「我把所有事情都搞砸了。」

我沒有答腔。我已經受夠了蓋布利爾的洋洋得意；看到他這麼沮喪，讓我有種滿足感。我的沉默讓他很生氣。我倒是很高興，我是故意要氣他的。

「諾瑞斯，我在想，你知不知道自己看起來多麼自命清高與洋洋得意？你認為我該怎麼做？向她道歉、說我一時失控這類話嗎？」

「這與我無關。你對女人的經驗這麼豐富，應該知道怎麼做。」

「我從來沒和這種女生有過任何關係。你覺得她很震驚……或感到厭惡嗎？她是不是覺得我根本就是隻豬？」

我再次從告訴他的簡單事實中得到樂趣；也就是我並不知道伊莎貝拉有什麼想法或感覺。

「但我想，」我說，一邊望向窗外，「她現在要過來了。」

蓋布利爾滿臉漲紅，眼神像是被追殺了一般。

他在火爐前就定位，姿勢很難看，兩腿張開，下巴向前挺，神情怯怯懦懦、很不自在。看他這樣平凡、卑微又鬼鬼祟祟的樣子，讓我有點開心。

「要是她覺得我看起來不修邊幅、骯髒不堪……」他說，可是沒把話說完。

不過，伊莎貝拉並沒有這樣看待他。她先向我道了早安，然後再跟他打招呼。她對我們兩人的態度並沒有差別，就像平常一樣，莊重而且客氣有禮，看起來依舊安詳而冷靜。她有事要告訴泰瑞莎，得知泰瑞莎與卡斯雷克夫婦在隔壁之後，她就過去找她了，離開房間時，她對我們兩人露出親切有禮的微笑。

她一關上門，蓋布利爾就開始咒罵。他尖酸刻薄地咒罵個不停，我試圖阻止他滔滔不絕的毒舌，卻徒勞無功。他對我大吼：「諾瑞斯，不要插嘴。這和你沒關係。我告訴你，我就算要死，也會跟那個驕傲又自大的臭女人討回這一筆。」

話一說完，他就衝出房間，用力甩上門，力道大到浦諾斯樓因此搖晃了一下。

我不希望在伊莎貝拉從卡斯雷克那兒回來時錯過她，於是我按了鈴，請人把我推到露台。

沒過多久，伊莎貝拉就從遠處的落地窗出來，沿著露台向我走來。一如往常，她很自然地直接走向石椅然後坐下。她什麼話也沒說，修長的雙手和平常一樣放鬆地擺在腿上。

通常這樣我就很滿足了，不過今天我腦袋裡好奇的那部分很活躍，想知道那顆姿態高貴的腦袋裡到底在想什麼。我已經了解蓋布利爾的情況了。我完全不知道前一晚發生的事，在伊莎貝拉心裡留下了（如果有留下的話）什麼樣的印象。和伊莎貝拉相處最困難的就是，你必須用最白話的方式表達，任何約定俗成的委婉說法只會得到她茫然疑惑的眼神作為回應。

然而習慣畢竟如此，我的第一句話就非常模糊曖昧。

「還好嗎，伊莎貝拉？」我問。

她看著我，眼神好奇而平靜。

「蓋布利爾，」我說，「早上很激動，我猜他是想為昨晚發生的事情向你道歉。」

她說：「他為什麼要道歉？」

「這個嘛……」我猶豫不決地說，「他覺得他的行為很差勁。」

她若有所思，然後說：「喔，我知道了。」

她的舉手投足之間沒有透露出任何不自在。我的好奇心促使我繼續追問，儘管這一切根本不關我的事。「你不認為他的行為很差勁嗎？」

她說：「我不知道……我就是不知道……」接著又略帶歉意地說：「你知道，我根本還沒有時間想這件事。」

「你感到震驚、害怕，還是心煩嗎？」

我很好奇，真的很好奇。

她似乎在腦海中反覆思考我說的話，然後依然像在看待一件遙遠的事情般帶著一種淡泊的態度說：「我想沒有。我應該要有那些感覺嗎？」

當然，就這樣她扭轉了局勢，把球丟給我。因為我不知道答案。一個正常的女孩子第一次遇上……那不是愛，肯定也不是溫柔，而是在一個粗俗男人身上很容易就被挑起的慾望，她該要有什麼感覺嗎？

我一直覺得（或是我一直希望），伊莎貝拉有種特別純潔無瑕的氣質，但事情真是如此嗎？我記得蓋布利爾提過她的嘴唇兩次，現在我看著她的嘴，下唇很飽滿，幾乎像哈布斯堡王朝那種突出的下唇，沒有上妝，自然的鮮紅色……對，確實是很有美感，很熱情的雙唇。

蓋布利爾喚起了她身體的反應，但究竟是什麼樣的反應呢？僅僅是肉體方面？還是本能的反應？這是經過她的判斷而認同的反應嗎？

接著伊莎貝拉問了我一個問題，她很單純地問我是否喜歡蓋布利爾。

有些時候我會覺得這個問題很難回答，但今天不會；今天我很確定我對蓋布利爾的感覺。

我毫不妥協地說：「不喜歡。」

她深思地說：「卡斯雷克太太也不喜歡他。」

我很不喜歡被拿來和卡斯雷克太太相提並論。

換我問她問題。「你喜歡他嗎，伊莎貝拉？」

她沉默了很久，接著努力地冒出幾個字，我發覺它們是從充滿疑惑的泥淖中浮現的。「我不認識他！……對他完全不了解。不能和任何人說的感覺糟透了。」

我很難了解她是什麼意思，因為互相了解的感覺一向是我被女人吸引的誘因；相信（有時是錯誤地相信）我們之間有種特別的理解與認同，並發現我們兩人共同喜歡與不喜歡的事，還有討論戲劇、書籍、道德觀點、彼此的喜好厭惡。

這種同伴情誼的溫暖感覺，總會開啟一段不只是同伴的關係，而是偽裝後的性愛關係。

根據泰瑞莎的說法，蓋布利爾是個對女人很有吸引力的男人。或許伊莎貝拉覺得他很有吸引力，倘若如此，他的男性魅力對她而言是赤裸裸的事實，它並未透過不真實的理解來掩飾。對她來說，他是個陌生人，一個完全不認識的人。不過她真的認為他很有吸引力嗎？有可能是因為他和她做愛，所以她才覺得他很有吸引力，而不是因為這個男人本身？

我發現這些都只是揣測，而伊莎貝拉並不揣測。不管她對蓋布利爾的感覺為何，她不會去分析那些感覺；她會接受……只將這些感覺當作人生織錦的一部分，然後繼續前進。

我突然明白，就因為這樣才讓蓋布利爾發瘋似的勃然大怒。有那麼一剎那，我有點同情他。

接著伊莎貝拉開口了。

她認真地問我，為什麼紅玫瑰在水中總是活不下去。

我們討論著這個問題。我問她最喜歡什麼花。

44 哈布斯堡王朝（Hapsburg），歐洲歷史上最顯赫的王室之一。由於近親通婚，許多哈布斯堡的家族成員下頜突出，形成特有的「哈布斯保唇」。

她說有紅玫瑰、深褐色的桂竹香，還有看起來很茂密的淡紫色花叢。

對我來說，這些選擇似乎很奇怪。我問她特別喜歡這些花的理由，她說她不知道。

「你的腦袋很懶惰唷，伊莎貝拉，」我說，「只要你不怕麻煩，想一想，你當然知道。」

「真的嗎？好吧，那我來想一想。」

她直挺挺地坐在那裡，很認真地想著……

（這就是每當我想起伊莎貝拉時腦海中浮現的模樣，而這個畫面會永遠存在。在陽光下，她直挺挺坐在石椅上，抬著頭，流露出一種傲氣，修長的雙手平靜地疊放在腿上，臉上的表情很認真，專注地想著花。）

最後她說：「我想是因為它們的樣子摸起來似乎會很舒服——色澤鮮豔，像天鵝絨……還有因為它們聞起來很香。玫瑰花長在土裡不好看，最好是單獨一朵地插在玻璃瓶裡，這樣看起來就很美，不過這樣維持不了多久就會凋謝。不管是用阿斯匹靈或把莖燒掉之類的方法，都沒有幫助；這對紅玫瑰沒用，但對其他花卉就沒問題。沒有什麼東西可以讓深紅色的玫瑰花持久綻放，我真希望它們不要凋謝。」

這是伊莎貝拉對我說過最長的一段話，她對談論玫瑰的興趣，勝過談論蓋布利爾。

就像我說的，那是一個我會永遠記得的片刻。你知道，那是我們友誼的最高點……

我的躺椅擺放的位置面向橫過田野、通往聖盧的步道。有個身影沿著步道漸漸靠近，是一個穿著戰鬥服、戴著貝雷帽的身影。我內心的痛楚嚇了我一跳，我知道聖盧男爵回家了。

第十八章

人有時候會有種幻覺，好像某些一連串的事件已經發生過無數次，到了令人厭煩的地步，看著年輕的聖盧男爵走向我們的時候就是這種感覺。我似乎一直躺在那裡，無能為力、動彈不得地看著魯帕特．聖盧穿越田野……以前時常發生，之後也會再度發生……它會一直持續出現直到永遠。

「伊莎貝拉，」我心裡說著，「再會了。」命運朝著你來了。

童話故事的氛圍又出現了；是幻覺，不是真實。我將出現在一個熟悉故事的熟悉結局裡。

我看著伊莎貝拉嘆了口氣。她沒有發覺命運正在靠近，她低頭看著自己修長、白皙的雙手，仍然想著玫瑰，或可能是深褐色的桂竹香……

「伊莎貝拉，」我溫柔地說，「有人來了……」

她不慌不忙、略感興趣地抬起頭。她轉過頭，身體變得僵硬，然後微微顫抖。

「魯帕特，」她說，「魯帕特……」

當然，那個人影有可能根本不是魯帕特，隔著這段距離，沒有人看得出來。不過真的是魯帕特。

他略為遲疑地穿過大門，走上階梯到了露台，一副有點不好意思的樣子，因為浦諾斯樓屬於他還未曾謀面的陌生人所有。但城堡的人告訴他，在這裡可以找到他堂妹。

伊莎貝拉在他踏上露台時站了起來，朝他走近兩步。他也加快腳步走向她。

兩人相會時，她輕柔地說：「魯帕特……」

他說：「伊莎貝拉！」

他們一起站在那裡，握住彼此的手。他微微低下頭呵護著她。

很完美……非常完美。如果這是電影場景，就不需要重拍了；如果是在舞台上，肯定會讓所有過了中年、喜歡看戲的浪漫女性哽咽。這幅景象有如田園詩般不真實；它像童話故事的快樂結局，是正宗的愛情羅曼史。

這是彼此想念多年的男孩和女孩的相會。他們各自建構了對方的形象，摻雜了部分幻想，然後終於見面時，發現那些幻想竟然奇蹟似的與現實相符……

這是人家說的那種不會發生在真實人生的事，然而它發生了，就在我的眼前。

真的，他們見面之初便已大事底定。魯帕特的記憶深處一直堅定不移地要回到聖盧，並和伊莎貝拉結婚。伊莎貝拉也總是冷靜地深信魯帕特會回來娶她，然後他們會一起住在聖盧……從此過著幸福快樂的日子。

現在，對他們兩人來說，他們的信心獲得證實，他們的願景得到實現。

這個屬於他們的片刻沒有持續很久。伊莎貝拉轉向我，臉上散發著喜悅的光采。

「這是諾瑞斯上尉。」她說，「這位是我的堂哥魯帕特。」

魯帕特走過來和我握手，我好好地打量了他一番。

我依然覺得，我沒有看過比他更英俊的人了；我不是指他是「希臘天神」那型的美男子，他的英俊是一種健壯陽剛的美。一張瘦削、歷經風霜的咖啡色臉龐，上唇蓄著濃密的八字鬍，深藍色的眼睛，頭部與寬闊的肩膀十分相稱，側面看來身材結實，還有一雙勻稱的腿。他的聲音很吸引人，低沉而舒服，說話沒有殖民地的口音。他的臉上流露出幽默、聰明、不屈不撓的氣質，而且給人沉著穩重的感覺。

他為自己的非正式到訪致歉，因為他才剛搭機抵達，直接就從機場坐車長途跋涉過來。一到城堡，崔西莉安夫人就告訴他伊莎貝拉在浦諾斯樓，他到那邊或許可以找到她。

話一說完，他看著伊莎貝拉，眼裡閃爍著光芒。

「你比當學生的時候更美了，伊莎貝拉，」他說，「我記得你兩條腿又細又長，兩條辮子甩來甩去，看起來認真得不得了。」

「我那時候看起來一定糟透了。」伊莎貝拉認真地說。

魯帕特說他希望見見我的兄嫂，他非常欣賞我哥哥的畫作。

伊莎貝拉說泰瑞莎和卡斯雷克夫婦在一起，她這就去告訴她。魯帕特也想見見卡斯雷克夫婦嗎？

魯帕特說他不想見卡斯雷克夫婦，反正他也不記得他們，雖然卡斯雷克夫婦在他還是學生的時候便已經住在這裡了。

「魯帕特，我想，」伊莎貝拉說，「你得見見他們。他們知道你回來會很興奮的，所有人都會很興奮。」

年輕的聖盧男爵看起來有點顧慮。他說他只有一個月的假期。

「然後你就得回去東方了嗎？」伊莎貝拉問。

「對。」

「那麼等到太平洋戰爭結束之後，你會回來這裡住下來嗎？」

她問他這個問題時表情很嚴肅，他的臉色也跟著沉重起來。

他說：「那得由幾件事情來決定……」

兩人停了下來，彷彿正想著同樣的事情，無須多加解釋。他們之間已經存在完美的和諧與默契。

接著伊莎貝拉去找泰瑞莎，於是魯帕特坐下來與我談話。我們談的是公共事務，而我喜歡這樣。自從搬來浦諾斯樓之後，我被迫生活在女性的氛圍裡。聖盧是全國少數幾個一直未受大戰波及的地方，這裡和大戰的唯一連結只有道聽塗說、八卦和謠言。就算有像這樣的士兵，也是回來休假，他們不會想把戰爭的心情帶回來這裡。

與此同時，我被丟進一個只有政治的世界。而所謂的政治世界，至少在像聖盧這樣的地方也是以女性為核心。那是一個計算成效、充滿遊說以及上千種小細節的世界，再加上大量窮極無聊的苦差事，而這卻是女人存在的指標。那是個迷你世界，且外在世界的屠殺與暴力如同舞台上的背景幕般有它的作用。雖然大戰尚未結束，地方上與私人的恩恩怨怨卻占據了我們的時間。這樣的事情發生在全英國各地，以各種高貴的陳腔濫調作為掩護。民主、自由、安定、大英帝國、國有化、忠誠、美麗新世界……就是這類口號、這類標語。

但我漸漸察覺，一直以來，真正的選舉會受到民眾的堅持所影響，而這些堅持比口號與標語重要得多，也急迫得多，這些才是他們投入選戰真正的理由。

哪個陣營會給我房子住？哪個陣營可以讓我的兒子強尼、我的丈夫大衛從海外回來？哪個陣營會讓我孩子的未來有最好的機會？哪個陣營會避免戰事再度發生，不再害得我丈夫、也許還有我的孩子喪生？

好話中聽不中用。誰會幫我的店重新開張？誰會蓋間房子給我住？誰會讓我們所有人可以得到更多食物、更多衣服配給券、更多毛巾和肥皂？

邱吉爾不錯。他替我們打了勝仗，沒讓德國人進到這裡來。我會繼續支持邱吉爾。

威爾布萊漢是老師。教育是培育孩子未來的關鍵。工黨會給我們更多房子。他們是這麼說的。

邱吉爾沒辦法讓男孩們這麼快回來。礦坑要國有化，這樣我們大家就會有煤炭了。

我喜歡蓋布利爾少校。他是個真正的男人。他關心這些事情。他受過傷，在整個歐洲打過仗，他沒有待在家鄉享受安逸。他了解我們對於在外面打仗的男人們的牽掛。他就是我們要的那種人；不是該死的學校老師。學校老師！那些撤離過來的老師甚至不幫波維登太太清洗早餐的碗盤。高傲自大！他們就是如此。

畢竟政治不過是世界博覽會上相連的攤位，各自叫賣著可以治癒百病的特效藥……而容易受騙的民眾就這麼相信那些沒有意義的空話。

這就是自從我活起來、又開始生活後所面臨的世界，這是個我以前所不認識的世界，一個對我來說全新的世界。

起初我放縱自己鄙夷這一切，認為這不過是一場騙局。但現在我開始了解這一切所根據的基礎；那是熱切的現實，是為了生存無止盡的期待與掙扎。這是女人的世界，不是男人的。男人還是獵人，無拘無束、不修邊幅、經常有不同的欲望，他們不斷向前衝，把女人和孩子留在後頭。在那個世界裡不需要政治，只需要銳利的眼睛、靈巧的雙手來追蹤獵物。

但文明世界是奠基在土地上的——可以種植和生產的土地。那是一個豎起建築物、並在其中裝填進資產的世界，是一個母性的、豐饒的世界，在那裡生存要複雜得多，而且有上百種可能成功或失敗的不同方式。女人要看的不是星星，而是可以擋風的遮蔽物、爐上的鍋具，以及吃飽的孩子沉睡的臉龐。

我想要、非常想要脫離那個女性的世界。羅伯特對我沒有幫助，他是個畫家，一個像母親般與孕育新生命有關的藝術家。蓋布利爾夠陽剛，他的出現往往引起許多人的好奇，但基本上我和他就是合不來。

和魯帕特在一起，讓我回到我原來的世界，那個關於阿來曼和西西里、開羅和羅馬的世界。我們用以前的語言、過去習慣的表達方式交談，發掘共同認識的人。我又是個健全的男人了，又回到戰時那個自由自在的世界，即生即死，開開心心——而且他跟我不來憐憫這一套。

我非常喜歡魯帕特。我很確定他是一流的軍官，而且他的個性非常迷人。他有頭腦、幽默又敏銳。我認為他就是我們所需要的、能夠建立新世界的人，一個受過傳統洗禮、卻又具備現代化觀念且有前瞻性的人。

泰瑞莎很快過來加入我們，羅伯特也一起來了。泰瑞莎說明我們為了如火如荼的選戰有多麼忙碌，魯帕特承認自己對政治不怎麼熱衷。然後卡斯雷克夫婦和蓋布利爾也過來了。卡斯雷克太太滔滔不絕地說話，卡斯雷克則一副親切熱心的樣子，他表示很高興看到聖盧男爵，並介紹了我們的候選人蓋布利爾少校。

魯帕特和蓋布利爾愉快地互相問候，魯帕特並祝福他好運，然後談了一些有關選戰以及目前的狀況。他們一起背光站著，陽光勾勒出他們的輪廓。我注意到兩人之間的對比，真是非常殘酷的對比，不只因為魯帕特英俊瀟灑、蓋布利爾醜陋矮小，而是比這個更深入的對比。魯帕特泰然自若且充滿自信，親切有禮的舉止非常自然；同時也讓人感覺到他正直得不得了。我這樣說吧，一個中國商人會出於信任，讓他不用付錢就可以先拿走任何數量的物品，而且中國商人的判斷是對的。相較之下，蓋布利爾就顯得很糟，他看起來很緊張、太過獨斷，兩條腿站得開開的，而且不自在地動來動去。可憐的傢伙！他看起來像個卑鄙的小人物；更糟的是，他看起來像是那種有好處才會說實話的人。他就像隻來歷不明的狗，一直以來都沒有什麼問題，直到在展示場上被擺在一隻純種狗的旁邊。

羅伯特站在我的躺椅旁，我咕噥了一句，將他的注意力引到這兩個男人身上。

他明白我的意思，於是默默看著他們兩人。蓋布利爾的兩隻腳仍不自在地晃來晃去，他和魯帕特說話時得抬頭，我覺得他不會喜歡那樣。

還有其他人在看著這兩個男人，是伊莎貝拉。她的眼睛起初似乎是在看著他們兩人，接下來毫無疑問地聚焦在魯帕特身上。她的雙唇微張，自豪地昂著頭，臉頰微微泛紅。她那副驕傲歡喜的模樣，看了真是討人喜歡。

羅伯特瞥了她一眼，注意到她的態度。然後他的眼神若有所思地回到魯帕特的臉上。

當其他人都去喝飲料時，羅伯特留在露台。我問他對魯帕特有何想法，他的答覆很奇特。

「我覺得呢，」他說，「他受洗時，身旁一個壞仙女也沒有。」

第十九章

唔，魯帕特和伊莎貝拉沒多久就把事情都安頓好了。我個人的看法是，他們在露台上、在我的躺椅旁邊剛見到面的那個片刻，便已經決定好了。

兩人各自偷偷珍藏了這麼久的夢想，遇上考驗時都沒有令他們失望，我想，雙方應該都如釋重負了吧。

因為，魯帕特之後告訴過我，他一直珍藏著那個夢。

他和我變得很親近，他也很高興能有些男人的社交活動。城堡裡充斥著女性崇敬愛慕的氣氛，三位老太太毫不掩飾對魯帕特的寵愛，就連聖盧夫人那獨特的嚴厲特質也柔和了一點。

所以，魯帕特喜歡過來和我聊天。

「我以前覺得，」某天，他突然說，「我對伊莎貝拉的感覺蠢死了。很奇怪吧，隨你怎麼說，就這樣下定決心要和某個人結婚，而且那個人還只是個小孩，一個瘦巴巴的小孩。結果後來發現自己並沒有改變心意。」

我告訴他，我知道幾個類似的個案。

他沉思地說：「我猜，事實上是我和伊莎貝拉屬於……我一直覺得她是我的一部分，一個我還未得到、但總有一天必須得到的部分，這樣一切才會完整。真是好笑的行為。她是個奇怪的女孩。」

他默默地抽了一、兩分鐘的菸，然後才又說：「我想我最喜歡她的地方，就是她完全沒有幽默感。」

「你認為她沒有嗎？」

「一點也沒有，總是出奇地平靜……我一直認為，幽默感是我們文明社會的人教自己的一種社交手腕，它是用來防止理想破滅的措施。我們刻意用滑稽的眼光來看待事情，只因為我們猜想它們無法讓人滿意。」

嗯，這麼說有點道理……我想著這句話，臉上露出一絲苦笑……沒錯，魯帕特這話說得很有道理。

他盯著外面的城堡，突然開口說：「我愛那個地方，一直很愛它，不過，我很高興在我來伊頓公學念書之前是在紐西蘭長大，這給了我一種超然感。我可以從局外人的角度看待這個地方，同時不用多想就對這裡有種認同。放假時從伊頓過來這裡，知道這裡真是我的，有一天我會住在這裡，可以說我認定這就是我一直想要的……我有種感覺，是我第一次看到這地方時產生的一種奇特又神祕的感覺，像是回到家了。

「伊莎貝拉是這裡的一部分。我那時候就確信我們會結婚，然後在這裡度過我們的一生。」

他表情嚴肅地抿起嘴。「我們會住在這裡！不管稅賦、花費、修繕以及土地國有化的威脅。那是我們的家，伊莎貝拉和我的家。」

魯帕特回來的第五天，他們正式訂婚了。

是崔西莉安夫人告訴我們這個消息的。她說明、後天會將這個消息刊登在《泰晤士報》，不過她想先讓我們知道，而她為這一切感到非常、非常高興。

她親切的圓臉因充滿喜悅之情而微微顫抖，泰瑞莎和我都被她的快樂感動，很明顯這表示她自己的生命裡缺少了一些東西。喜悅當前，她對我的態度不再那麼婆婆媽媽，這讓她的陪伴對我來說愉快多了。她第一次沒有帶小冊子給我，也幾乎沒有一直要我開朗起來或鼓勵我。顯然，魯帕特和伊莎貝拉占據了她所有的心思。

其他兩位老太太的態度則有點不同。查特利斯太太整個人的精力與活力增加了一倍，她帶著魯帕特在城堡裡走上走下，介紹房客給他認識，並教他屋頂修繕的事情，以及什麼是一定要完成、而什麼又是可以且最好放著不管的事。

「艾瑪士・波夫雷克森老是在抱怨，他牆上的磚縫兩年前才都補過。艾倫・希斯的煙囪一定要修補一下，她已經忍受很久了。希斯一家在三百年前就一直是城堡的房客。」

不過，我對聖盧夫人的態度最感興趣。我有好一陣子無法理解，然後有一天我明白了，那是勝利的姿態，一種很奇怪的勝利，像是戰勝了看不見、也不存在的對手，並為此洋洋得意。

「現在沒事了。」她對我說。

然後她嘆了一口氣，很長且疲憊的一口氣，彷彿在說：「主啊，如今可讓你的僕人平安歸去[45]……」她給我的感覺像是個很害怕的人，但一直不敢把恐懼表現出來，而現在知道害怕的事情終於結束了。

嗯，我猜年輕的聖盧男爵要回來，並且娶他已經八年沒見面的堂妹為妻，這件事變卦的機會滿大的。最有可能的是，魯帕特在戰爭期間與一個陌生女子結婚；戰爭期間，婚事的決定都很快。對，魯帕特與伊莎貝拉結婚的可能性肯定很小。

然而，他們倆的結合卻又名正言順而且相配。

我問泰瑞莎是否同意這種看法，她深思地點點頭。

「他們是一對金童玉女。」她說。

「天造地設。家族的老僕人在婚禮上都會這麼說。但這次真的是如此。」

「真的是如此。不可思議……修，你不覺得有時候會有種夢裡的感覺？」

我想了一會兒，因為我知道她說的是什麼意思。

「和聖盧城堡有關的一切，都不真實。」我說。

我必然也會得知蓋布利爾的想法，他對我依舊很坦白。據我了解，蓋布利爾不喜歡聖盧男爵。那是很自然的，因為魯帕特肯定搶走了蓋布利爾許多光采。

整個聖盧因為城堡真正主人的到來而興高采烈。原本的居民以他古老的頭銜為傲，並回想起他的父親；新居民興奮的表現則比較勢利一點。

「膚淺盲從的群眾！」蓋布利爾說，「不可思議的是，不管他們怎麼說，英國人一直很愛頭銜這種東西。」

「別說康瓦爾人是英國人，」我說，「你還沒搞懂嗎？」

「說溜嘴了。但我說的是事實，不是嗎？他們要不就過來奉承，要不就是另一種極端，說這

45 出自《新約聖經》〈路加福音〉第二章二十九節。

一切是個鬧劇，然後變得很激動，而那不過是變相的勢利眼。」

「那你有什麼感覺？」我說。

蓋布利爾立刻露出笑容。有機會能和別人爭辯，他最高興了。

「我算是變相的勢利眼啦，」他說，「我恨不得自己生下來就是魯帕特．聖盧。」

「你讓我很驚訝。」我說。

「有些東西就是與生俱來。我願意拿一切換他那雙腿。」蓋布利爾若有所思地說。

我想起崔西莉安夫人在蓋布利爾第一次出席大會時對我說的話，而看到蓋布利爾觀察如此敏銳，讓我很感興趣。

我問蓋布利爾，他是否覺得魯帕特搶了他的鋒頭。

蓋布利爾很認真地思考了其中的優劣，完全沒有表現出任何不悅。

他說他不覺得。他認為沒有關係，因為魯帕特不是他的政治對手，他的出現反而替保守黨做了更多宣傳。

「雖然我敢說如果他參選，我是說如果他可以參選的話（當然，因為他是貴族，所以不能參選），他很有可能會代表工黨。」

「當然不會。」我表示反對，「他是地主耶。」

「當然，他不喜歡土地國有化的，但現在事情變得很複雜了，諾瑞斯。農場主人和努力打拚的勞動階級是保守黨的死忠支持者，有錢、有學歷的知識分子卻是工黨的，我猜想主要是因為他們不知道用雙手勞動是怎麼一回事，而且完全不明白勞動階級真正要的是什麼。」

「那麼，勞動階級真正要的，到底是什麼？」我問，因為我知道蓋布利爾對這個問題總有不同的答案。

「他希望國家繁榮，這樣他才會富足。他認為保守黨比較有可能讓國家繁榮起來，因為他們對錢的事情比較清楚，而當然啦，這個判斷非常正確。我應該說，聖盧男爵其實是個老派的自由黨人。當然，對自由黨的人來說，沒有人派得上用場。諾瑞斯，你想說的話一點用都沒有，你等著看選舉結果吧，自由黨會萎縮到得用放大鏡才看得到。從來沒有人真正喜歡自由黨的理念，真的，我的意思是說，從來沒有人喜歡中間路線，實在太單調了！」

「你認為魯帕特．聖盧提倡中間路線？」

「對。他是個理性的人，尊重傳統，歡迎革新。事實上，就是不倫不類。華而不實……對，他就是這樣一個人！」

「你說什麼？」我反問。

「你聽見我說什麼了。華而不實！華而不實的城堡！華而不實的城堡主人。」他嗤之以鼻地說，「華而不實的婚禮！」

「還有華而不實的新娘？」我問。

「不，她還好……只是不小心走錯了地方，像漢賽爾和葛莉特走到薑餅屋[46]裡一樣。薑餅屋很有吸引力，你可以拿下一塊來吃。這是可以吃的。」

「你不大喜歡魯帕特．聖盧，對吧？」

46《漢賽爾與葛莉特》（*Hansel and Gretel*），又名《糖果屋》，是格林兄弟（Brothers Grimm）創作的童話故事，描寫在森林迷路又飢餓的漢賽爾與葛莉特兄妹被引入糖果屋的情節。英文 gingerbread 同時有「薑餅」和「華而不實」之意，作者一語雙關。

「我為什麼要喜歡他？話說回來，他也不喜歡我。」

我想了一下，沒錯，我不覺得魯帕特．聖盧喜歡約翰．蓋布利爾。

「不過他還是得接受我，」蓋布利爾說，「我會在這裡，擔任他這個世界的國會議員。他們偶爾得邀我去吃個晚餐，還得和我一起坐在講台上。」

「你對自己很有信心啊，蓋布利爾。你還沒選上呢。」

「我告訴你我穩上的。一定會上。你知道的，我不會有另一個機會了。我是一個示範用的實驗品，如果實驗失敗，我就名譽掃地、玩完了。我也不能回去當兵。你知道，我不是管理型軍人，我只有在真正打起仗來的時候才派得上用場。一等太平洋戰爭結束我就完了。奧賽羅的事業完了[47]。」

「我一直都認為，」我說，「奧賽羅的角色沒什麼說服力。」

「為什麼沒有？嫉妒從來就沒什麼說服力。」

「嗯，這樣說吧，那是個不會得到認同的角色。沒有人會替他感到難過，只覺得他是個該死的傻瓜。」

「是不會，」蓋布利爾深思地說，「沒錯，沒有人會為他感到難過，不像為依阿古[48]那樣感到難過。」

「為依阿古感到難過？說真的，蓋布利爾，你同情的對象很奇怪。」

他神情古怪地瞥了我一眼。

他站起來走動，急促地走來走去。他推開書桌上的東西，眼睛卻根本沒在看。我好奇地看著他，發現他正為了某種深層而難以言喻的情緒所苦。

「我了解依阿古，」他說，「我明白為什麼這個可憐鬼到最後什麼也沒說，除了……

別要我回答，你知道的一切，你都知道了！
從此刻起，我一字不說。[49]」

他把矛頭轉向我。「諾瑞斯，像你這種人，一輩子都和自己處得很好的人，成長過程中沒有片刻恐懼退縮的人（如果我可以這麼說的話），對於像依阿古這種注定失敗、卑劣下流的人，你又知道什麼了？老天，如果我要製作莎士比亞的戲，我會不遺餘力地表現依阿古，找個真正的演員，一個會讓人感動到不能自已的演員！想像一下天生就是懦弱的人是什麼感覺？招搖撞騙然後逃之夭夭，愛錢愛到每天起床、吃飯、睡覺、親吻老婆，腦子裡最先想到的都是錢，而且一直都很清楚自己是什麼樣的人……

「這就是人生最可惡的地方，就好像受洗時的眾多壞仙女當中有一個好的。當其他所有的人把你變成一個討厭鬼時，白日夢仙女卻揮揮她的魔杖，悠悠地說：『我賜予他可以看清、明白真相的才能……』

「『最崇高的必定讓我們一見傾心。[50]』是哪個該死的傻瓜說的？大概是華茲華斯[51]吧，那

47 原文為 Othello's occupation's gone，出自莎士比亞一六〇三年悲劇《奧賽羅》（*Othello, the Moor of Venice*）第三幕第三場。
48 依阿古（Iago）是《奧賽羅》中的角色，因對奧賽羅未提拔他為副官而懷恨在心，計誘奧賽羅殺了自己的妻子。
49 出自依阿古在《奧賽羅》中的最後一句話。
50 出自丁尼生的長詩《亞瑟王之牧歌》（*Idylls of the King*）中的〈關妮薇〉（Guinevere）。
51 華茲華斯（William Wordsworth, 1770-1850），英國浪漫派代表詩人，其詩作以歌詠田園、自然為主，曾當選桂冠詩人。

個連見到美麗可愛的櫻草花都不能滿足的人……

「我告訴你，諾瑞斯，最崇高的必會讓你一見就痛恨；痛恨是因為那不是你，就算你出賣靈魂也不會成為那樣的人。真正重視勇氣的，通常是遇到危險時會逃跑的人。我不只一次見過這種事情。你認為人真的就是自己想要成為的那種人嗎？人一生下來是什麼就是什麼。你認為一個渴慕金錢的可憐蟲是自己想要這樣的嗎？你認為一個充滿欲望的人希望自己如此嗎？你認為逃跑的人是自己想要逃跑嗎？

「會讓你嫉妒（真正嫉妒）的人，不是那些做得比你好的人；會讓你嫉妒的人，是那些一生下來就比你好的人。

「如果你陷在泥淖裡，就會痛恨那些在星空之中不食人間煙火的人。你想要把他給扯下來……扯下來……扯到你打滾的豬圈裡……我說啊，依阿古很可憐，他要是沒遇到奧賽羅就什麼事也沒有了。他靠那些騙人的技倆可以過得好好的。如果是在現代，他就是會在里茲酒吧販賣不存在的金礦股份給那些笨蛋的人。

「依阿古看起來那麼可以信賴、那麼老實，總有辦法騙倒單純的軍人。沒有什麼比欺騙軍人更簡單的了；愈是偉大的軍人，在做生意方面就愈是個傻瓜。買假股票的總是軍人，而且他們相信從沉沒的西班牙大帆船中撈寶的計畫，還會買下快要倒閉的養雞場。軍人是很信任別人的。奧賽羅就是那種傻瓜，他會掉入騙子所說的任何煞有其事的故事之中，而依阿古是個騙子。只要注意字裡行間的細節，就會清楚發現依阿古盜用軍隊公款的事情。奧賽羅不相信……噢，不，不會是又笨又老實的依阿古，那個老傢伙只是腦袋糊塗了。但奧賽羅擅自把卡西歐扯了進來，也沒問過依阿古的意見。卡西歐盤算得一清二楚，我向你保證他那個人精明得很。依阿古是個誠實的好人（奧賽羅這麼認為），但沒有聰明到可以升官。

「還記得依阿古嚷嚷自己在戰場上多有本事那些虛張聲勢的廢話嗎？全是胡說八道，諾瑞斯，根本從來就沒發生過那些事，你在酒吧裡隨時可以從那些沒去過前線的男人口中聽到，好比法斯塔夫爵士[52]那類的，只不過這次不是喜劇而是悲劇。可憐蟲依阿古想成為奧賽羅，他想變成一個勇敢的軍人和正直的人，但他沒辦法，彷彿站不直的駝子。他想在女人方面無往不利，可是女人根本不理他。他那個好脾氣的蕩婦老婆瞧不起他，她等不及要跳上別的男人的床。我敢打賭，所有女人都想和奧賽羅上床！我告訴你，諾瑞斯，我看過男人在性方面受到羞辱後發生的怪事，那害他們變得病態。莎士比亞知道這種事。依阿古一開口就少不了困頓的、充滿色慾的黑色毒液，似乎從來沒人看到的是，那個男人受了很多苦啊！他看得見美，知道美是什麼，知道什麼是高貴的本性。天啊，諾瑞斯，比起精神上的嫉妒，物質上的嫉妒——嫉妒成就和財富——根本不算什麼！那種尖酸腐蝕著你，漸漸把你毀了。見到高尚的事物時，你便違背自己的意願愛上它，於是你痛恨高尚，不將它毀滅就無法安寧，直到你將它撕毀或踏平了……是的，依阿古受了很多苦，可憐的傢伙……

「如果你問我，我會說，到了最後莎士比亞是很清楚那個可憐傢伙的，而且很替他難過。我敢說他原本是用鵝毛筆或是那年代會用的東西沾了墨水，打算描繪出一個徹底黑心的反派角色。但為了做到這點，他必須伴著依阿古經歷一切，他得跟他走、和他一起進入心底最深處，他必須感受依阿古的感覺。這就是為什麼當報應來臨、依阿古窮途末路之際，莎士比亞替他保

52 法斯塔夫爵士（Sir John Falstaff），莎士比亞劇本《亨利四世》、《亨利五世》和《溫莎的風流婦人》中的角色，是一個機智卻愛吹噓且嗜酒成性的胖騎士。

留了尊嚴。他讓他留下他僅有的東西，也就是他的緘默。莎士比亞自己到過死亡之境，他知道一旦到過地獄，就不會想去談論那段經歷……」

蓋布利爾轉過身。他怪異、醜陋的臉有些扭曲，雙眼流露出一種奇怪的誠摯情感。

「你知道，諾瑞斯，我從來沒辦法相信神。天父造就了百花鳥獸，神愛我們、照顧我們，祂創造了這個世界。不，我不相信那個神。但有時候我忍不住要相信基督……因為基督下過地獄……他的愛是如此之深……

「祂承諾要給懺悔的小偷天堂般的樂園。可是另一個人呢？那個咒罵他、斥責他的人，基督和他一起下地獄。也許在那之後……」

蓋布利爾忽然顫抖了一下。他搖晃身體，在那張醜陋的臉上，他的雙眼顯得還算漂亮。

「我說太多了，」他說，「再見。」

他突然匆匆離去。

我心想，他究竟在說莎士比亞還是他自己？我隱約覺得，他是在說他自己……

第二十章

蓋布利爾本來對選舉結果非常有信心，他說過，他看不出有什麼地方會出錯。沒有預料到的是冒出一個叫做波碧．納拉考特的女人，她是葛雷特威希爾一家叫「走私者旅館酒吧」的服務生。蓋布利爾從未見過她，也不知道她的存在，然而就是她開啟了一連串真正會危及蓋布利爾選情的事件。

勃特和波碧過從甚密，但勃特喝酒過多時對她很粗暴，是虐待狂的那種粗暴。於是波碧反抗他，堅決不再和他有任何關係，而且沒有改變心意的跡象。

這就是為什麼有天晚上勃特爛醉如泥、怒氣沖沖回到家，看到妻子蜜莉畏懼的神情後又更加激動。他放任自己大發雷霆，把所有對波碧的憤怒與無法發洩的慾望都加諸在可憐的妻子身上。他像發了瘋一樣，而蜜莉（這也不能怪她）則完全喪失判斷能力。

她以為勃特會殺了她。

逃出他的掌握後，她衝出家門到了街上。她根本不知道自己要往何處去，也不知道可以去找誰。她完全沒有想到去警察局。附近沒有鄰居，只有夜晚門窗緊閉的商店。

她只能靠直覺引導她的腳步。直覺帶她到她愛的男人那裡，那個對她很好的男人。她的腦袋裡沒有任何刻意的想法，沒有意識到可能引起的醜聞，她嚇壞了，所以跑去找蓋布利爾。她是一隻被獵捕的動物，絕望無援，正在找尋庇護所。

她不停地跑著，頭髮凌亂、上氣不接下氣地跑進國王旅店，勃特在後追趕，咆哮著各種威脅和報復的話語。

蓋布利爾正好就在大廳裡。

我個人認為，蓋布利爾不可能有其他不同的做法，他喜歡這個女人、替她感到難過，而她的丈夫不但爛醉，還很危險。當勃特進來對著他破口大罵，並叫他放棄他的妻子、直截了當控訴他和她有染時，蓋布利爾叫他去死吧，說他根本不配有老婆，而他，蓋布利爾，會確保她的安全，讓她不受到傷害。

勃特像頭狂飆的公牛般猛衝，蓋布利爾將他打倒。之後他替蜜莉訂了一個房間，要她待在裡面把門鎖上。他告訴她，她現在不可能回家了，明天早上一切都會沒事。

翌晨，消息已經傳遍整個聖盧。勃特「發現」他太太和蓋布利爾的事，而且蓋布利爾和他太太一起住在國王旅店。

或許你可以想像，這件事情發生在選舉前夕的影響有多大。再過兩天就要投票了。

「如今他把自己毀了。」卡斯雷克心煩意亂地咕噥著，他在我的起居室裡走來走去。「我們玩完了，輸定了！威爾布萊漢一定會選上。這是個災難……一個悲劇。我從來就不喜歡那傢伙。沒教養。我就知道他會讓我們失望。」

卡斯雷克太太以一種優雅的語調哀嘆：「這就是找個非紳士作為候選人的結果。」

我哥哥很少加入我們關於政治的討論，就算在場，他也是默默抽著菸斗，但這次他拿下菸斗表達他的意見。

「問題是，」他說，「他確實做了紳士該有的舉動啊。」

我覺得真是諷刺，蓋布利爾那些公然背離正道、偏離一般人所接受的紳士標準的行為，反而提高了他的地位；然而他這一次不切實際的騎士精神行為，卻反而令他聲勢大跌。

不久，蓋布利爾本人也來了。他很固執且不悔悟。

「卡斯雷克，你這樣小題大作並不會有幫助，」他說，「只要告訴我到底還可以做什麼。」

卡斯雷克問蜜利現在在哪裡。

蓋布利爾說她還在國王旅店。他說，他看不出她還有哪些地方可以去。接著又說，反正現在已經太遲了。他轉向泰瑞莎，似乎認為她是在場所有人當中最務實的人。「對不對？」他要她回答。

泰瑞莎說確實已經太遲了。

「就是一個晚上，」蓋布利爾說，「人們感興趣的就是晚上的事，不是白天。」

「是嗎，蓋布利爾少校……」卡斯雷克氣急敗壞地說。他徹底嚇到了。

「天啊，你的想法也太齷齪了吧！」蓋布利爾說，「我沒和她一起過夜，如果你指的是這個的話。我要說的是，那對全聖盧的人來說是同一件事，我們兩個都住在國王旅店。」

那就是人們唯一在意的事情，他說，還有勃特上演的戲碼，以及勃特說他妻子和蓋布利爾之間的事。

「如果她可以離開，」卡斯雷克說，「去哪裡都好，只要快點把她送去別的地方。也許這樣就……」有那麼一下子他看起來滿懷希望，然後他搖搖頭。「這樣只會看起來更可疑，」他說，「非常可疑……」

「還有另一件事情要考慮，」蓋布利爾說，「她怎麼辦？」

卡斯雷克不解地盯著他看。

「你沒想過她那邊怎麼辦，對不對？」

卡斯雷克高傲地說：「我們現在真的不能考慮這種小細節。我們要想辦法找出來的是，有沒有可能讓你脫離這片混亂。」

「沒錯，」蓋布利爾說，「勃特太太並不重要，對吧？勃特太太是誰呢？她誰也不是，只是個可憐的女孩，她一直遭到威脅與虐待，嚇得她幾乎失去理智，她無處可去又身無分文。」

他提高音量。

「嗯……我告訴你，卡斯雷克，我不喜歡你的態度。讓我告訴你勃特太太是誰，她是個人。對於你那該死的鐵石心腸而言，除了選舉，沒有任何人或任何事情是重要的。這就是政治圈一直存在的腐敗。鮑德溫先生[53]在那段黑暗時期說過這樣的話：『如果我說出真相，我就會輸掉這場選舉。』我不是鮑德溫先生，我誰也不是。但你現在告訴我的是：『你的行為和普通人會做的一樣，因此你會輸掉這場選舉！』這樣的話，好吧，去你的選舉！你自己留著這該死的臭選舉吧。我先是個人，然後才是政治家。我從沒和那個可憐的女生說過任何不該說的話，沒和她上過床，我一直替她感到難過，如此而已。她昨晚來找我，因為她沒有其他人可以倚靠。好吧，她就待在我那裡好了，我會照顧她。去你的聖盧、西敏宮，還有這整件該死的事。」

「蓋布利爾少校，」這是卡斯雷克太太痛苦的細小聲音，「你不能做那種事！假設勃特和她離婚呢？」

「如果他和她離婚，我就娶她。」

卡斯雷克生氣地說：「蓋布利爾，你不能這樣讓我們的希望落空。你不能把這件事鬧大、變成公開的醜聞。」

「我不行嗎，卡斯雷克？你等著看吧。」此時蓋布利爾的雙眼是我所見過最憤怒的，我從沒有這麼喜歡過他。

「你威脅不了我的。如果那些平庸的選民投票的原則是一個男人可以打老婆、把她嚇得不知所措，然後再給她扣上莫須有的罪名……那好吧，就讓他們這麼做！如果他們要投的是遵守基督徒禮儀的人，他們可以投給我。」

「可是他們不會這麼做。」泰瑞莎說，然後嘆了一口氣。

蓋布利爾看著她，臉上的表情變得柔和。

「是不會，」他說，「他們不會這麼做。」

羅伯特再度將菸斗從嘴裡拿下來。

「就是這樣才傻啊。」他出人意料地說。

「當然啦，諾瑞斯先生，我們知道你是共產黨員。」卡斯雷克太太語帶尖酸地說。

我不知道她說這話是什麼意思。

就在這句充滿譏諷的話剛說完，伊莎貝拉走了過來。她從露台穿過落地窗進來，看起來端

53 鮑德溫（Stanley Baldwin, 1867-1947），英國保守黨政治家，曾三度出任首相一職。

莊、冷靜且沉著。

她毫不在意當下的情況，她是來說她要說的話。她直接走向蓋布利爾，彷彿房間裡只有他們兩人，然後以自信的口吻對他說：「我想，不會有問題的。」

蓋布利爾盯著她，我們全都盯著她看。

「我是說關於勃特太太的事。」伊莎貝拉說。

她絲毫沒有尷尬的樣子，反而流露出一個心思單純的人在做了他們認為正確的事情之後的滿意神情。

「她在城堡那裡。」她繼續說。

「在城堡？」卡斯雷克不可置信地說。

伊莎貝拉轉向他。「對，」她說，「我們一聽到發生的事，我就覺得這樣會是最好的方式。我跟祖母提議，她也同意了。於是我們立刻開車去國王旅店。」

我後來才發現，那根本是「皇室出巡」。伊莎貝拉的機智，找到了唯一可能的解套方法。如我之前所說，聖盧老夫人在本地非常受敬重，可以說，從她身上會發射出正確的格林威治道德標準時間。人們也許會譏笑她既老派又保守，但他們尊敬她，而且只要是她贊成的，不大會有人反對。

聖盧夫人隆重地開著她那輛老舊的戴姆勒轎車過去，伊莎貝拉跟著她。她挺著堅毅不拔的身影踏進國王旅店，要找蜜莉。

於是紅著雙眼、淚眼汪汪又怯懦的蜜莉走下樓梯，然後像是接受皇室表揚的儀式般，聖盧夫人毫不含糊地以低沉的聲音大聲說：「親愛的，我為你所經歷的一切感到說不出的難過。蓋布利爾少校昨晚應該把你帶來我們那裡的，但我猜是因為他很體貼，不想這麼晚來打擾我們。」

「我……我……您真好心。」

「親愛的，把東西收一收。我現在帶你回去。」

蜜莉臉一紅，低聲說她……其實……沒有任何東西。

「我真笨啊！」聖盧夫人說，「我們在你家停一下，讓你去拿東西。」

「但是……」蜜莉畏畏縮縮。

「上車。我們在你家停一下，讓你去拿東西。」

蜜莉向至高的權威低頭。三個女人坐進轎車，車子就停在距離福爾街幾碼遠的地方。

聖盧夫人和密莉一起下車，陪她進入屋裡。勃特從手術室裡搖搖晃晃地出來，雙眼布滿血絲，原本準備大發雷霆，但看見聖盧夫人後，便控制住自己的行為。

「親愛的，去收拾一些東西。」聖盧夫人說。

蜜莉迅速逃上樓。聖盧夫人對勃特說：「你對待妻子的舉止很可恥。」她說：「非常可恥。勃特，你的問題是你喝太多了。不管怎樣，你不是好男人，我會建議你的妻子不要再和你有任何瓜葛。你說過她的那些事都是謊話，而你也很清楚那些都是謊話。是不是？」

她銳利的雙眼催眠了這個抽搐發抖的男人。

「噢，這個嘛……我想是吧……你這麼說的話……」

「你知道那些都是謊話。」

「好啦、好啦……我昨晚失控了。」

「你最好讓大家知道那些都是謊話，不然我會建議蓋布利爾少校提出告訴。啊，勃特太太，你收好了嗎？」

蜜莉提著一個小行李箱下樓。

聖盧夫人挽著她的手臂，朝門的方向走去。

「等等……蜜莉要去哪裡？」勃特問。

「她要和我回城堡。」她強勢地補了一句，「你有什麼意見嗎？」

勃特微微地搖搖頭。聖盧夫人尖銳地說：「詹姆斯．勃特，我建議你盡快振作起來。不要再喝酒了，好好做你的工作。你的能力很好，但如果你再這樣下去，下場會非常糟糕。振作起來吧！只要你願意嘗試就做得到。還有，注意你說話的方式。」

然後她和蜜莉上了車。蜜莉坐在聖盧夫人旁邊，伊莎貝拉坐在她們對面。她們一路駛過大街，繞過港口到市場，就這樣開回城堡。這是皇室出巡，而且聖盧所有的人幾乎都看到了。

當天晚上，大家都在說：「一定沒問題的，不然聖盧夫人不會接她去城堡。」

有些人則說事情不會空穴來風，而且蜜莉為什麼會在晚上衝出家門、跑去找蓋布利爾？還說聖盧夫人當然會因為政治因素支援他。

但後者是少數。人品會說話。聖盧夫人品格高尚，大家都知道她絕對正直。如果蜜莉可以待在城堡，如果聖盧夫人站在她這一邊，那麼蜜莉就沒有問題。聖盧夫人不會站在有問題的那邊；聖盧老夫人絕不會！拜託，她那麼難搞！

這些事情大概的發生經過是伊莎貝拉告訴我們的，蜜莉一安頓好，她就從城堡過來了。

卡斯雷克聽懂她所說的這一切時，那黯淡的神情也逐漸明亮起來。他拍了一下自己的腿。

「老天爺，」他說，「我相信這樣可以達到目的。老夫人真聰明，對，她很聰明。聰明的主意。」

但這樣的睿智與點子是出自伊莎貝拉。我非常驚訝她如此迅速就了解整個情況，並且付諸行動。

「我這就去進行，」卡斯雷克說，「我們一定要繼續追蹤這件事。我們來略述一下確切的說詞。來吧，珍娜，蓋布利爾少校……」

「我立刻過去。」蓋布利爾說。

卡斯雷克離開了。蓋布利爾走近伊莎貝拉身邊。

「你這麼做，」他說，「是為什麼？」

她盯著他，一臉困惑。

「就……因為選舉啊。」

「你是說……你很在意保守黨有沒有選上嗎？」

她驚訝地看著他。「不是。我指的是你。」

「我？」

「對。你非常想打贏這場選舉，不是嗎？」

蓋布利爾臉上流露出一種困惑奇怪的神情。他轉過頭去。他說……比較像是對自己說，而不是對我們之中的任何一人說，「我很想嗎？我不知道……」

第二十一章

就像我之前說的，這並不是精準的選戰紀錄。我並不在主要的激流之中，只是在迴流裡透過回音聽見發生的事。我意識到似乎有一種愈來愈強烈的緊迫感，對著我之外的所有人襲來。

瘋狂競選活動還剩最後兩天。這段期間，蓋布利爾每天造訪兩次來喝點東西。他放鬆的時候看起來累癱了，他的聲音因為在戶外開講而變得沙啞。然而累歸累，他的活力絲毫不減損。他很少和我說話，大概是因為還得保留嗓子和體力。

他一口喝下飲料，喃喃地說：「什麼鬼生活啊！你必須和民眾說那些該死的蠢話。他們會被這樣統治真是活該。」

泰瑞莎大部分的時間都在開車奔波。投票日早晨，大西洋上吹來陣陣強風，風聲呼呼作響，雨水滴滴答答地打在屋頂上。

伊莎貝拉在早餐之後很早就來了。她穿了一件黑色雨衣，頭髮濡溼，雙眼炯炯有神，雨衣上還別了一朵大大的藍色玫瑰花飾。

「我整天都要載人去投票。」她說。「魯帕特也是。我已經向勃特太太建議，她應該來看你，你不介意吧？你都是自己一人，對吧？」

我不介意，雖然我其實很滿足可以一整天靜靜地看書。最近來陪我的人有點太多了。

伊莎貝拉表現出關心我獨處的狀態，似乎非常不像她，彷彿她忽然學起她的艾涅絲姨婆對我的態度。

「愛情似乎讓你變溫柔了，伊莎貝拉。」我不滿地說，「或者這是崔西莉安夫人的主意？」

伊莎貝拉露出微笑。「艾涅絲姨婆想自己過來與你坐坐，」她說，「她想你一定很寂寞，而且，她是怎麼說的……怕你會覺得格格不入。」

她好奇地看著我。我看出這是個從來不會在她腦海中出現的想法。

「你不這麼認為嗎？」我問。

伊莎貝拉的回覆一如往常地直率。「這個嘛，你本來就格格不入呀。」

「沒錯，說得太好了。」

「如果你在意的話，我很抱歉。不過就算艾涅絲姨婆過來陪著你，我也看不出會有什麼幫助，這只是意味著她也會變得格格不入。」

「而我確定她不會想要那樣。」

「我提議讓勃特太太過來，因為她本來就在保持距離。而且我想，也許你可以和她談談。」

「和她談談？」

「對。」伊莎貝拉白皙的前額微微蹙起。「你知道，我不大會……和人談事情，也不習慣別人對我傾訴。她總是說個沒完。」

「勃特太太說個沒完？」

「是啊，而且感覺很沒意義。但我沒法恰當地回應，我想也許你知道。」

「她對什麼事情說個沒完？」

伊莎貝拉在椅子的扶手上坐下。她緩緩敘述，微微皺著眉，很像一個旅行者在描述某個野蠻部落那匪夷所思的儀式。

「關於發生的事，關於她跑去找蓋布利爾少校，關於一切都是她的錯。如果他選輸了，這都是她的責任。如果她一開始小心點就好了，她那時應該要想到可能引起的後果。如果她對詹姆斯．勃特好一點、更了解他一些，他可能就不會喝這麼多。她十分自責，而且徹夜未眠地擔心這件事，然後希望自己當初採取不同的行動。如果她傷害了蓋布利爾少校的職業生涯，她有生之年都不會原諒自己。全都是她的不對，沒有別人；所有的一切，一直以來都是她的錯。」

伊莎貝拉停下來。她看著我，像是用盤子把一個她完全不能理解的東西端到我面前。微弱的回音從過去傳到我的耳邊。珍妮佛蹙著她那討人喜歡的眉毛，勇敢地一肩扛起其他人所作所為的責任。

以前我覺得那是珍妮佛一個討人喜歡的特質。現在，看著蜜莉以同樣的態度放縱自己，我發現這種觀點也確實很惹人厭。我戲謔地思考著，這就是單純覺得對方是個好女人與陷入愛河之間的差異！

「嗯，」我沉思地說，「我猜她很有可能這麼認為，你不覺得嗎？」

伊莎貝拉用她那言簡意賅的方式作了回答。「不覺得。」她說。

「為什麼？你說說看。」

「你知道的，」伊莎貝拉語帶責備地說，「我不會說。」她停頓了一下，皺起眉頭然後開始說，一副有點懷疑的樣子。她說：「事情要不發生了，要不就沒發生。我可以了解你在發生前可能會擔心……」

我看得出來，這個觀點甚至對伊莎貝拉來說都不大能接受。

「但到了現在還一直擔心……噢，這就好像你去田野散步踩到牛屎一樣；我的意思是，一路上說著踩到牛屎這件事，像是希望自己沒有踩到、要是走另一條路就好了，還說這全都是因為自己沒有看清楚腳下，以及你總是做這類蠢事，一點用處也沒有。畢竟，牛屎已經沾在你的鞋子上，你怎麼也避不了，但你不需要也讓它沾染到你的心思上！還有，所有在這之外的東西如田野、天空、樹叢以及陪你散步的人，他們全都在啊。只有等你回到家清理鞋子的時候，你才會再度想起那坨牛屎。那個時候你確實需要想一想……」

放縱自責是一個值得好好思考的有趣領域，我看得出來，蜜莉任由自己沉溺其中，但我真的不明白為什麼有些人比較容易有這樣的傾向。泰瑞莎曾經暗示我，像我這種堅持要為別人打氣、解決問題的人，不見得如我們所想那般對他人有幫助。不過這仍然沒有解釋為何人類喜歡誇大自己在事件中的責任。

伊莎貝拉滿懷希望地說：「我想你可以和她談談？」

「也許她喜歡……嗯，責怪自己，」我說，「為什麼她不能這麼做？」

「因為我覺得這樣對『他』來說滿糟糕的……對蓋布利爾少校。他必須不斷安慰一個人，告訴她一切都沒事、讓她安心，這一定非常累人。」

毫無疑問，我心想，這會非常累人……我記得我那時候很累……與珍妮佛在一起格外地累人。但珍妮佛有一頭漂亮的藍黑色秀髮、帶著悲傷的灰色大眼，還有那討喜又滑稽的鼻子……

約翰．蓋布利爾說不定很喜歡蜜莉的栗色頭髮和她水汪汪的棕色眼睛，而且不介意要一直安撫她，讓她相信一切都會沒事。

「勃特太太有什麼計畫嗎？」我問。

「喔，有啊。祖母替她在索塞克斯郡[54]找了工作，在她認識的人家裡當管家的幫手，薪水很不錯，而且工作不多。從那裡到倫敦有方便的火車可搭，所以她可以去和朋友們碰面。」

我很好奇，伊莎貝拉所指的朋友包括蓋布利爾嗎？蜜莉愛上蓋布利爾了，我不知道蓋布利爾是不是也有點愛上她了。我想這是有可能的。「我認為她可以和勃特先生離婚，」伊莎貝拉說，「只不過離婚很花錢。」

她站起身。「我得走了。你會和她談談吧，好不好？」她在門口停下腳步。「魯帕特和我再過一週就要結婚了，」她溫柔地說，「你覺得你有可能來教堂嗎？如果天氣不錯，有童子軍可以推你過去。」

「你希望我去嗎？」

「希望啊，非常希望。」

「那我會去。」

「謝謝。我們在他回去緬甸之前還有一星期可以在一起，但我不認為大戰還會打很久，你覺得呢？」

「你快樂嗎，伊莎貝拉？」我溫柔地問她。

她點點頭。「感覺幾乎有點嚇人，想了這麼久的事就要成真了……魯帕特一直在我腦海裡，可是本來已經漸漸模糊了……」

她看著我。

「雖然這一切都是真的，感覺起來卻很不真實。我依然覺得我可能會……醒來，彷彿這只是一場夢……」

她口氣溫柔地繼續說：「能夠擁有一切……魯帕特……聖盧……一個人所有的願望都要實現了……」

接著她驚叫：「我不該待這麼久的，他們給了我二十分鐘休息喝杯茶。」

我發現，原來我是伊莎貝拉的那杯茶。

下午，蜜莉過來看我。她脫掉雨衣、尖頂帽和雨鞋之後，向後撫平她的棕髮，並且有點刻意地在鼻子上撲了粉，然後到我身邊坐下。我心想，她真的很漂亮，人也很好，就算你想要討厭她都很難，何況我並不想討厭她。

「希望你沒有覺得被冷落了。」她說，「你吃過午餐了嗎？一切都還好嗎？」

我告訴她，我在物質方面都有人照顧，請她放心。

「我們待會……」我說，「喝杯茶。」

「好啊。」她不安地動來動去。「噢，諾瑞斯上尉，你認為他會選上，對不對？」

「現在說還太早。」

「喔，但我的意思是說，你覺得呢？」

「我確定他選上的機會很大。」我安撫她說。

54 索塞克斯郡（Suxxes）位於英格蘭東南部，一九七四年劃分為東、西兩郡。

「如果不是因為我，他一定會選上的！我怎麼這麼笨啊……這麼差勁。喔，諾瑞斯上尉，我無時無刻都在想這件事。我非常自責。」

又來了，我心想。

「應該停下來，不要再想了。」我建議。

「可是，我怎麼能夠不想呢？」她可憐的棕色眼睛睜得大大的。

「練習自我控制和意志力。」我說。

蜜莉看起來十分懷疑，而且有點不認同。

「我不覺得我應該輕鬆看待這件事情，尤其當一切都是我的錯的時候。」

「親愛的，你這樣憂心忡忡，無助於蓋布利爾進入國會。」

「是不會，當然……但如果我妨害了他的生涯，我將永遠不會原諒自己。」

我們爭論的內容都是那幾句。這種事我和珍妮佛經歷過很多次，差別在於我現在是冷靜地和她爭論，不摻雜個人感情因素。這個差別很大。我喜歡蜜莉，可是我覺得她讓人很惱火。

「拜託，」我大聲說，「不要再大驚小怪了！就算不是為了別人，也為了蓋布利爾吧。」

「但我就是因為他才介意呀。」

「你不覺得那個可憐人的負擔已經夠沉重了，不需要你再加給他一堆眼淚和懊悔嗎？」

「可是如果他選輸了……」

「如果他選輸了（他根本還沒輸），而且如果是因為你的關係（我們根本無從得知，況且可能完全不是如此），那麼他不是已經夠失望而失去鬥志了，不需要再多一個懊惱的女人在渲染她的後悔、讓事情更糟？」

她露出困惑而固執的神情。

「但我想彌補我所做的事。」

「也許你沒有辦法彌補。如果可以彌補，唯一的方式只有設法讓蓋布利爾相信，沒選上對他而言是喘口氣的大好機會，而且讓他能夠自由迎接人生中更多有趣的挑戰。」

蜜莉看起來很害怕。

「噢，」她說，「我想我可能做不到那樣。」

我也認為她沒辦法做到。一個能隨機應變、毫無顧忌的女人才做得到。泰瑞莎，如果她在意蓋布利爾，就可以做得很好。

我想，泰瑞莎面對人生的方式就是不間斷地採取攻勢。

毫無疑問，蜜莉的人生態度是追求一次又一次浪漫輝煌的失敗。但另一方面，有可能蓋布利爾喜歡撿拾碎片，並將它們拼湊起來。我自己就曾經很喜歡這類事。

「你很喜歡他，對不對？」我問。

她棕色的眼睛熱淚盈眶。

「噢，我很喜歡……真的很喜歡。他是……我從沒遇過像他一樣的人……」

我自己也沒遇過像蓋布利爾這樣的人，不過我並沒有和蜜莉一樣被打動。

「我願意為他做任何事，諾瑞斯上尉，我真的願意。」

「如果你非常在乎他，這樣就夠了。不要再想了。」

是誰說過「愛他們就好，不要糾纏他們」？是某個心理學家寫給媽媽們的建議嗎？然而這其中有很多可應用在親子之外人際關係的智慧。但我們真的可以不去糾纏任何人嗎？或許對我們的敵人還可以，只要費點力氣。可是對我們所愛的人呢？

我停止這種多想無益的行為，按鈴要了茶。

喝茶的時候，我堅決要談談去年我看過的電影。蜜莉很喜歡看電影，她對最新作品的描述幫助我跟上進度。一切都很愉快，我也很喜歡這樣的談話，所以蜜莉離開時我覺得滿可惜。

遠方的戰役不時傳回報告。他們都很疲倦，有人樂觀，有人沮喪。羅伯特是唯一帶著正常而愉快心情回來的人。他在一個廢棄的採石場找到一棵傾倒的櫸樹，而那就是他心裡一直渴望的東西。他還在一家小酒吧裡吃了一頓特別可口的午餐。繪畫和食物是羅伯特主要的話題，而這些話題一點也不差。

第二十二章

隔天夜裡，奈瑞莎突然進來我的房間，將自己深色的頭髮從疲憊的臉龐往後撥，然後說：
「嗯，他選上了！」
「贏多少？」我問。
「兩百一十四張票。」
我吹了聲口哨。
「所以差距很小。」
「對，卡斯雷克認為，要不是因為蜜莉‧勃特那件事，他至少會贏一千票。」
「卡斯雷克並沒有比任何其他人更了解他所說的情況。」
「左派橫掃全國各地，工黨到處都選上了。我們這裡是保守黨少數贏得席次的地方。」
「蓋布利爾說得沒錯，」我說，「他之前就預言過了，你記得吧？」
「我知道。他的判斷真是不可思議。」
「嗯，」我說，「蜜莉今晚可以快快樂樂上床睡覺了，她畢竟沒壞了事，她終於可以鬆一口氣了。」

「她會嗎？」

「泰瑞莎，你真是個惡毒的女人，」我說，「那個小姑娘對蓋布利爾可是全心全意。」

「我知道。」她想了想又說，「他們彼此也很適合。我想他和她在一起應該會滿快樂……如果他想要快樂的話。有的人不想。」

「我從來沒注意到蓋布利爾有任何過度禁慾的傾向。」我說，「我會說，他除了自己日子過得好且拚命追求想要的生活之外，很少會想到其他事情。反正他是要娶錢當老婆，他對我這樣說過。我也認為他會這麼做。他注定會成功，是比較粗俗的那種成功。至於蜜莉，顯然她似乎是受害者的角色。泰瑞莎，我猜你現在會告訴我她喜歡當受害者。」

「不，當然不會。可是，修，只有非常堅強的人會說：『我讓自己成了大笨蛋。』然後一笑置之，繼續往前走。軟弱的人必須有可以抓住的東西；他們必須看到自己的錯誤，不只是處理上的失敗，而是個確切的缺點，一個悲劇性的過錯。」

她突然又說：「我不相信罪惡。危害世界的所有一切都是由軟弱造成的，通常是善意，而且看起來浪漫得不得了。我害怕這種東西，它們很危險。這種東西就像黑暗中漂浮的廢棄船隻，會撞壞經得起風浪的堅固船隻。」

我直到隔天才見到蓋布利爾，他看起來像洩了氣的皮球，幾乎沒有一點活力。我幾乎認不出他就是我認識的那個人。

「選舉後遺症？」我說。

他發出呻吟。「你說得對。成功真是件令人噁心的事。最好的雪莉酒放在哪？」

我說了位置，然後他幫自己倒了一杯。

「我認為威爾布萊漢不會因為失敗而特別興高采烈。」我說。

蓋布利爾露出無力的笑容。

「他是不會，可憐的傢伙。而且我相信，他很認真地看待自己和政治。不是太認真，但也夠了。可惜他太軟弱。」

「關於公平競爭、運動家精神那一類的事，我猜你們已經和對方說了那些該說的話吧？」

蓋布利爾又露齒而笑。

「喔，該做的那套我們都做了，卡斯雷克看著我們做的。那個人真是笨蛋！把他的工作記得滾瓜爛熟、一字不差，但其實根本沒有智慧可言。」

我舉起手上的雪莉酒。「嗯，」我說，「祝你未來的生涯順利成功。你現在上路了。」

「沒錯，」蓋布利爾毫不熱衷地說，「我上路了。」

「你看起來似乎沒有很高興。」

「喔，只是像你剛才說的，就是選舉後遺症啦。打敗對手之後，人生總是很無趣，但接下來還有很多場仗要打。你等著看我怎麼成為公眾矚目的焦點。」

「工黨拿到相當多的席次。」

「我知道，太棒了。」

「說真的，蓋布利爾，你這個新任保守黨國會議員說的話還真奇怪。」

「該死的保守黨國會議員！我現在逮到機會了。我們要靠誰讓保守黨重新站起來？溫斯頓是很好的戰場老將，尤其是你面對戰爭的時候。但他太老了，沒辦法處理和平問題。天下太平和說話委婉的英國紳士一樣很難搞……」

他繼續分析保守黨中形形色色的知名人物。

「沒一個有建設性想法。他們總是喋喋不休地抱怨國有化，然後對社會黨員犯的錯誤幸災樂禍。（天啊，他們也很會犯錯！他們是一群愚笨的傢伙、頑固的老工會成員，還有牛津來的理論家，淨說空話。）我們的陣營會用所有過去在議會中使用過的技倆，就像在市集的可憐老狗一樣，先是狂吠一番，然後用後腿站起來，轉個圈緩慢地跳華爾滋。」

「在反對黨引人注目的遠景之中，約翰．蓋布利爾將扮演什麼角色？」

「在還沒有周詳的計畫之前，你不能發起行動。所以……順其自然吧。我會抓住年輕人的心，那些有新想法、通常『反政府』的人，給他們一個想法，接著就全力實現那個想法。」

「什麼想法？」

蓋布利爾惱怒地瞪了我一眼。

「你老是搞錯重點。是什麼微不足道的想法根本不重要！我隨時可以想出半打來。政治上只有兩件事會引起人們的興趣：一是給他們一點好處，另一是那種聽起來好像可以解決所有問題且非常容易理解的想法，高貴卻模糊，可以讓你的內心散發出溫暖的光芒。人們喜歡感覺自己是個高貴的動物，同時又有優厚的收入。你不會想要提出過於實際的想法，你知道，只要那個想法符合人性，而且不針對任何你會見到的人。你發現了嗎，在給土耳其、美國或是哪裡的地震受害者捐款，總是源源不絕地湧進來，但沒有人真的想收容一個被撤離的孩子，對不對？這就是人性。」

「我會持續高度關注你的職業生涯。」我向他保證。

「二十年後，你會發現我變胖、過得很舒適，而且可能被視為是慈善家。」蓋布利爾說。

「然後呢？」

「什麼『然後呢』？」

「我只是在想，你也許會覺得無聊。」

「喔，我總會找一些事來做，純粹為了好玩。」

蓋布利爾勾勒自己人生時的那種信心滿滿，總是讓我很感興趣。我開始相信他的預言將會實現，我想他就是有本事讓它成真。他預測這個國家會交給工黨，他一直很確定自己會勝利。現在，他的人生也會一如他所預期的那樣分毫不差。

我有點俗氣地說：「所以在最好的世界裡，一切都是最好的。[55]」

他馬上不耐煩地皺起眉頭，然後說：「你哪壺不開提哪壺啊，諾瑞斯。」

「為什麼，怎麼了嗎？」

「沒事……真的沒事。」他沉默了片刻，然後繼續說，「你可曾被刺扎到手指裡？你知道那有多令人抓狂嗎？不是真的很嚴重，但永遠提醒你、刺痛著你、束縛著你……」

「那根刺是什麼？」我問，「蜜莉・勃特？」

他驚訝地看著我。我看出蜜莉並不是那根刺。

「她沒問題。」他說，「好在沒有造成傷害。我喜歡她，希望在倫敦可以見到她；在倫敦不會有地方上這些惡毒的閒言閒語。」

55 這句話出自十八世紀法國哲學家伏爾泰（Voltaire, 1694-1778）所著之諷刺小說《憨第德》（*Candide, ou l'Optimisme*），原著旨在譏諷萊布尼茲（Gottfried Wilhelm Leibniz, 1646-1716）的樂觀主義。

然後，他的臉紅了起來，從口袋裡用力拉出一個包裹。

「我在想你可不可以看看這個。你覺得這個可以嗎？結婚禮物，給伊莎貝拉．查特利斯的。我應該送個東西給她吧。是什麼時候？下禮拜四？還是你覺得這種禮物很蠢？」

我興致勃勃地打開包裝。眼前的東西出乎我意料之外，我從來沒想過蓋布利爾會送這種東西作為結婚禮物。

那是一本祈禱書[56]，燙金圖案十分精美，應該是博物館收藏的作品。

「不知道這到底是什麼，」蓋布利爾說，「天主教那類的東西，已經有好幾百年的歷史。但我覺得……我不知道……這似乎和她很相配。當然啦，如果你覺得它根本就很無聊……」

我急忙要他放心。

「很漂亮，」我說，「無論是誰都會想要擁有這本書。它是個珍品。」

「我猜她不會特別喜歡這種東西，不過滿適合她的，如果你知道我的意思……」我點頭，我確實知道。「畢竟，我得送她個什麼東西才行。不是我特別喜歡那個女孩，我對她一點用處也沒有。高傲的女孩，她倒是騙到男爵殿下了。我祝福她和那個裝模作樣的傢伙幸福快樂。」

「他可比什麼裝模作樣的傢伙要強多了。」

「對，他確實是。無論如何，我得和他們保持良好關係。作為地方國會議員代表，我會和他們在城堡吃飯，還會去參加他們的年度花園聚會那類活動。我猜聖盧老夫人現在得搬去都爾樓了，就是靠近教堂那棟發霉的廢棄樓房。我想，住在那裡的人很快就會得風溼病死掉。」

他拿回那本燙金的祈禱書，把它包起來。

「你真的覺得這個禮物很好？沒有問題嗎？」

「這是個高貴而稀有的禮物。」我向他保證。

泰瑞莎走了進來。蓋布利爾說他正要離開。

「他怎麼了？」蓋布利爾離開後，她問我。

「疲倦了吧，我想。」

泰瑞莎說：「不只如此。」

「我忍不住覺得，」我說，「讓他選上真是可惜，失敗可能會讓他清醒一點。現在看來，他會繼續這樣囂張幾年。整體來說，他是個討厭的傢伙，但我倒覺得他會一路爬到樹頂。」

我猜應該是因為說到了「樹」這個字，激起了羅伯特發表他的言論。他是和泰瑞莎一起進來的，一如往常沒有引起任何人的注意，因此他開口時，也一如往常地嚇了我們一跳。

「喔，不會啦，他不會的。」他說。

我們好奇地看著他。

「他不會爬到樹頂的。」羅伯特說，「我想，完全不可能……」

他悶悶不樂地在房裡走來走去，然後問為什麼總是有人把他的調色刀藏起來。

56 祈禱書（book of Hours），天主教每日例行禱告課用的經書。

第二十三章

魯帕特和伊莎貝拉的婚禮訂在星期四。當我聽到窗外露台上的腳步聲時，時間還非常早，我猜差不多是凌晨一點。

我一直沒法入睡，這個晚上狀況比較糟，因為痛得很厲害。

我心想，幻覺真愛玩奇怪的把戲，我發誓外面露台上是伊莎貝拉的腳步聲。

接著我聽到她的聲音。

「修，我可以進來嗎？」

落地窗半開著，通常都是如此，除非颳起強風。伊莎貝拉走進來，我打開躺椅邊的燈，仍覺得自己在作夢。

伊莎貝拉看起來很高䠷，她穿著斜紋軟呢外套，一條深紅色圍巾包著頭髮。她的神情很嚴肅、冷靜，而且有點哀傷。

我無法想像她這麼晚了（或者說這麼早）在這裡做什麼。但我微微感到憂慮。

我不再認為自己是在作夢了；事實上，我的感覺完全相反，我感覺自從魯帕特・聖盧回來之後發生的一切彷彿是場夢，而現在清醒了。

我記得伊莎貝拉說過：「我依然覺得我可能會醒來。」而我忽然明白，那就是在她身上發生的事。這個站在我身旁的女孩不再是在夢裡，她醒來了。

我還記得另一件事，羅伯特說魯帕特受洗時，身旁一個壞仙女也沒有。我後來問他這句話的意思，他回答：「嗯，如果一個壞仙女也沒有，又怎麼會有故事呢？」也許這就是魯帕特．聖盧不大真實的原因。他的一表人才、聰明才智以及「名正言順」都太不真實了。

就在伊莎貝拉開口前的一、兩秒，我腦中困惑地閃過這一切。然後她說：「我是來和你道別的，修。」

我呆呆地盯著她。「道別？」

「對。你知道，我要離開了……」

「離開？你是說和魯帕特嗎？」

「不，是和約翰．蓋布利爾……」

在那個當下，我意識到人類心智奇妙的雙重性。我半邊腦袋嚇呆了，感到很懷疑。伊莎貝拉說的話似乎相當令人難以置信，這麼奇幻怪誕的事就是不可能發生啊。

然而某一方面，另一部分的我並不感到驚訝，像是內心有個聲音嘲笑著說：「當然的嘛，你一直都知道的……」我記得伊莎貝拉頭也沒回就認出蓋布利爾在露台上的腳步聲；我記得她在惠斯特紙牌大賽的那晚從下面花園走上來時的表情；還有，她在處理蜜莉危機時的行動如此迅速。我記得她說「魯帕特一定要趕快回來……」的聲音中透露一種怪異的急迫感。她那時很害怕，害怕正發生在她身上的事。

我約略了解到將她推向蓋布利爾那股隱藏的衝動。不知為何，那個男人對女人有種奇特的吸引力，泰瑞莎很久以前告訴過我……

伊莎貝拉愛他嗎？我很懷疑。我看不出和蓋布利爾這樣的男人在一起，會為她帶來任何幸福，他是一個渴望得到她、卻不愛她的男人。

至於他，根本就是神經錯亂。這表示他會放棄他的政治生涯，這會毀了他所有的抱負。我不了解他為什麼要採取這麼瘋狂的舉動。

他愛她嗎？我不這麼認為。就某方面來說，我想他是恨她的。自從他來到這裡，她屬於讓他蒙羞的那部分（還有城堡及聖盧老夫人）。這是他做出瘋狂舉動背後那個模糊的原因嗎？是因為他要報復他所蒙受的侮辱嗎？如果他能毀掉曾經侮辱他的事物，即使要毀掉自己的人生，他也願意嗎？這是那個「平凡小男孩」的復仇嗎？

我愛伊莎貝拉，我現在知道了，我愛她愛到她幸福我就快樂。她本來和魯帕特在一起很快樂、美夢成真，還可以在聖盧生活……她只是擔心那可能不是真的……

那麼，什麼才是真的？約翰．蓋布利爾嗎？不，她現在做的事幾近瘋狂，一定要有人阻止她、請求她、說服她才行。

許多話到了嘴邊……卻沒說出來。直到今日，我還是不知道為什麼……

我唯一可以想到的理由是：伊莎貝拉，就是伊莎貝拉。

我什麼也沒說。

她彎下腰吻了我。不是孩子的親吻，那是女人的唇。她的雙唇很清新，我永遠不會忘記它甜蜜而強烈地壓在我的唇上，彷彿被一朵花吻了一下。

她說了再見，然後走出落地窗，走出我的生命，到一個蓋布利爾正在等待她的地方。
而我沒有試圖阻止她……

第二十四章

約翰·蓋布利爾和伊莎貝拉·查特利斯離開聖盧之後，我第一部分的故事也結束了。我發現這個故事其實是他們的，不是我的，因為他們一離開，我能記得的事情也就少之又少，全都模糊而混亂。

我對聖盧的政治活動從來不感興趣，對我而言，政治只是劇中主角移動時身後的背景布幕。然而政治必然——沒錯，我知道事情必然如此——影響深遠。

如果蓋布利爾有一點政治良心的話，他當然不會做出那樣的事。他會害怕讓他的陣營失望，因為這果然令他們大失所望。地方上民情激動到即使他沒有自願辭職，也會施壓逼他放棄剛得到的席次。這起事件重挫了保守黨的聲譽。一個傳統且較有榮譽感的人，在這方面一定謹慎多了。我認為蓋布利爾一點也不在意這些，他一開始就是為了自己的事業，而他瘋狂的行徑毀了他的事業。這是他的看法。他那時預言只有女人可能毀了他的人生，說得也夠真切了。他一點也沒預料到那個女人會是誰。

以他的個性和教養，根本無法理解像是崔西莉安夫人和查特利斯太太這種人會有多麼震驚與害怕。崔西莉安夫人從小的教養讓她相信，參選進入國會是一個人對國家的職責所在。她的父親就是這樣設想的。

蓋布利爾甚至沒有逐漸開始欣賞這種態度。他的看法是，保守黨選他等於是選了個沒用的傢伙。那是場賭局，而他們輸了。如果一切照常運作，他們會做得非常好。然而總有百分之一的機會……而那百分之一的機會已經發生了。

奇怪的是，與蓋布利爾的看法一模一樣的竟是男爵遺孀聖盧夫人。

在我位於浦諾斯樓的會客室裡，有一次她單獨和我及泰瑞莎說過這件事，而且就只有那麼一次。

「我們不能……」她說，「逃避該負的責任。我們都知道那個人是個什麼樣的人。我們提名一個局外人，一個沒有信仰、沒有傳統、不正直的人。我們很清楚他只是個投機分子，因為他有取悅大眾的特質、優良的戰績、虛有其表的吸引力，我們就接受了他。我們做好被他利用的準備，因為我們也準備好要利用他。說要跟隨時代潮流是在為我們自己辯解，但如果保守黨的傳統中還有任何實際存在的事物、任何意義，那就必須發揚這項傳統。我們的代表就算不優秀，也必須真誠，並且與這個國家休戚與共，不怕為那些在他們之下的人擔起責任，作為上層階級也不會感到羞恥或不自在，因為他們不只接受特權，同時也接受身為上層階級的職責。」

這是一個垂死政權的聲音。我不同意它，但我尊重它。新的想法、新的生活方式正在誕生，老舊的則被廢除，然而身為老派最佳代表的聖盧夫人巍然屹立著，她有屬於自己的一席之地，到死都會守住這個位置。

她沒有談到伊莎貝拉。在這部分她被傷得很深，因為從老夫人毫不妥協的觀點看來，伊莎貝拉背叛了她自己的階級。這位嚴守紀律的老人可以替蓋布利爾找到藉口，因為他是不受法律規範的低下階級，但伊莎貝拉卻背叛了城堡內的自己人。

雖然聖盧夫人對伊莎貝拉隻字未提，崔西莉安夫人倒是說了一些。我想，她會找我是因為她沒有別人可談，也因為我癱瘓，所以她覺得沒關係。她對我的無助有種根深柢固的母性，我覺得她幾乎認為把我當成自己兒子說話是很正當的。

她說，艾狄蕾很冷漠。茱德不客氣地回了她幾句，便立刻帶著狗出去了。崔西莉安夫人需要宣洩她豐沛的情感。

她若和泰瑞莎談論家人會覺得自己不忠誠，與我討論時就不會有這種感覺，可能是因為她知道我愛伊莎貝拉。她愛伊莎貝拉，深深愛著，她無法不去想她的事，並且為她所做的事感到困惑與迷惘。

「修，這非常不像她，完全不像她，我認為一定是那個男人蠱惑了她。我總覺得這個男人很危險……而她看起來這麼快樂，快樂得不得了。她和魯帕特像是天作之合。我無法理解。他們很快樂，他們真的很快樂。你不也這麼認為嗎？」

我說，根據我的感覺，是的，我認為他們很快樂。我想補充一句，但我想崔西莉安夫人不會了解，有的時候快樂是不足夠的……

「我忍不住覺得，一定是那個可怕的男人慫恿了她，不知道用了什麼方法催眠她。但艾狄蕾認為不是這樣，她說除非伊莎貝拉打算這麼做，否則她什麼也不會做。我不知道，應該是吧。」

我想，聖盧夫人說得沒錯。

崔西莉安夫人問：「你認為他們結婚了嗎？你想他們在哪裡？」

我問她們是不是都沒有她的消息。

「沒有，什麼也沒有。只有伊莎貝拉留下來的一封信，是寫給艾狄蕾的。她說她不期待艾狄蕾會原諒她，而這樣也許是對的。她還說：『要說我為了所有造成的痛苦感到抱歉，並沒有什麼意義。如果我真的覺得抱歉，就不會這麼做了。我想魯帕特可能會了解，也可能不會。我會永遠愛你們，即使我再也不會見到你們。』」

崔西莉安夫人熱淚盈眶地看著我。

「那可憐的小子……好可憐的人。親愛的魯帕特……我們都變得那麼喜歡他。」

「我想他一定很難接受。」

自從伊莎貝拉逃走之後，我就沒有見過魯帕特，他隔天便離開聖盧了。我不知道他去哪裡或做了什麼事。一星期後，他重返緬甸的部隊。

崔西莉安夫人淚眼汪汪地搖搖頭。

「他對我們所有人那麼親切、那麼和善。但是他不想談論這件事，沒有人想談這件事。」她嘆了一口氣。「可是我忍不住會想知道他們在哪裡、在做什麼。他們會結婚嗎？住在哪裡呢？」

崔西莉安夫人的思路基本上是很女性的，直接、實際，日常生活的事情占滿了她的腦袋。我看得出來，她已經模糊地勾勒起伊莎貝拉家居生活的圖像，包括婚姻、房子和孩子。她很輕易就原諒了她。她愛伊莎貝拉。伊莎貝拉所做的事令人震驚、很不光彩，讓這個家族失望。不過這也是很浪漫的事，而崔西莉安夫人就是個極其浪漫的人。

如我之前所說，我接下來兩年在聖盧的記憶都很模糊。之後辦了一場補選，威爾布萊漢高票當選。我甚至不記得保守黨的候選人是誰，我猜想是某個人格沒有汙點、對大眾不具吸引力的鄉下仕紳吧。少了約翰．蓋布利爾，政治不再吸引我的注意，我自己的健康開始占據了我大部分的思緒。我去了一家醫院，開始一連串的手術，這些手術對我的狀況雖然沒有造成傷害，但也幫助不大。泰瑞莎和羅伯特繼續住在浦諾斯樓。聖盧城堡的三位老太太離開了城堡，搬進一棟有個迷人花園的維多利亞式小房子。有一年的時間，城堡租給了一些從北英格蘭來的人。十八個月後，魯帕特回到英格蘭，並娶了有錢的美國女孩。泰瑞莎寫信告訴我，他們正計畫大規模重新整修城堡，只等建築法規通過。我無緣由地對重建聖盧城堡這個想法感到厭惡。

至於蓋布利爾和伊莎貝拉實際上在哪裡，還有蓋布利爾在做什麼……沒有人知道。

一九四七年，羅伯特在倫敦辦了一場很成功的展覽，展出他在康瓦爾郡的畫。

在那個時候，外科手術的技術有很大的進步。歐陸地區有好幾位外國的外科醫師，在處理與我類似的案例上有傑出的表現。伴隨戰爭而來的少數好處之一，是在減輕人類痛苦方面的知識大躍進。我在倫敦的醫生對一位斯洛伐克的猶太醫生做的事很感興趣，他在戰爭期間從事地下活動，做了一些大膽實驗，而且有十分驚人的成果。我的醫生認為，遇上我這種案例，他可能會試圖進行其他英國醫生不敢嘗試的手術。

這就是我在一九四七年秋天，到薩格拉德去找克拉斯維奇醫生看病的原因。

我沒必要描述自己故事的細節，只要提到克拉斯維奇醫生的部分就夠了。我覺得他是一位細膩又聰明的外科醫師，他相信我只要動手術就會大幅改善狀況。他希望我在手術後可以用拐杖自由行動，而不是躺臥著當個無助的廢物。他安排我立刻去他的診所。

我和他的期望實現了。六個月後，如他所承諾的，我可以拄著拐杖走動了。我無法形容這讓我的人生變得多麼興奮。我繼續留在薩格拉德，因為我一個禮拜必須接受好幾次物理治療。

某個夏日傍晚，我緩慢且痛苦地在薩格拉德的大街上搖搖晃晃走著，然後在一家小小的露天酒吧停下來，點了一杯啤酒。

就在這時候，我的目光穿過幾張有人坐的桌子，看到了約翰．蓋布利爾。

我非常震驚。我已經很久沒有想到他了，完全不知道他在世界的這個角落。但這個男人的外貌更是讓人嚇了一大跳。

他變得很落魄。他的臉向來有點粗獷，現在卻粗獷到幾乎讓人認不出來，不僅臃腫不健康，而且雙眼布滿血絲。就在這時候，我發現他有點醉了。

他望過來，看見了我，然後站起身，搖搖晃晃地朝我的桌子走來。

「唷，」他說，「看看是誰啊！我絕對沒想過會見到的人。」

要是我能一拳揍到蓋布利爾的臉上，會讓我感到無比的快樂，但事實上，除了我沒辦法打架之外，我還想知道伊莎貝拉的消息。於是我請他坐下來喝一杯。

「謝了，諾瑞斯，那我就來一杯。聖盧和那個華而不實的城堡，還有那幾個老太婆之後怎麼樣啦？」

我告訴他我離開聖盧已經好一陣子，城堡出租了，三位老太太也已經搬走了。

他滿懷希望地說，這對那個遺孀老夫人來說一定很難受。我說，我覺得她是欣然離開的。

我還告訴他，魯帕特就要結婚了。

「事實上，」蓋布利爾說，「對所有人來說，最後一切都變得很好。」

我忍住不回答。我看到那熟悉的笑容浮現在他的嘴角。

「少來了，諾瑞斯！」他說，「不要擺張撲克臉。問她的事啊，你不就是想知道這個？」

蓋布利爾總是直搗黃龍。我認輸了。

「伊莎貝拉過得如何？」我問。

「她很好。我並沒有做出典型騙子的行為，把她拐到手就丟在閣樓裡。」

情況變得讓我更難控制住自己不揍蓋布利爾一頓。過去他總是有辦法讓人反感，現在他更加令人憎恨，他開始沉淪。

「她在薩格拉德嗎？」我問。

「對，你最好來看看她。見見老友、聽聽聖盧的消息，對她是好事。」

我心想，這樣對她會是好事嗎？蓋布利爾的語氣裡透露了些許虐待狂的快感嗎？

我說，語氣有些尷尬，「你們……結婚了嗎？」

他的笑容非常邪惡。

「沒有，諾瑞斯，我們沒有結婚。你可以回去告訴那個聖盧老太婆。」

（很奇怪，他對聖盧夫人依舊恨得牙癢癢的。）

「我不大可能對她提起這個話題。」我冷冷地說。

「就是那樣，對吧？伊莎貝拉使家族蒙羞。」他將椅子向後傾，「老天，我真想看她們那天早上的表情，就是她們發現我們一起走了的那天早上。」

「天啊，蓋布利爾，你真是頭豬。」我說。我的怒氣漸漸失去控制。

他一點也沒有不高興。

「這就要看你用什麼方式來看這件事。」他說，「諾瑞斯，你對人生的看法非常狹隘。」

「無論如何，我還有些正派的本性。」我嚴厲地說。

「你真是個英國佬。我一定要介紹你認識一下我和伊莎貝拉周遭這群大都會的人。」

「恕我直言，你看起來並沒有非常好。」我說。

「那是因為我喝太多了。」蓋布利爾立刻回說，「我現在有點醉。你開心點嘛。」他繼續說，「伊莎貝拉不喝酒。我無法理解她為什麼不喝……但她就是不喝。她依舊帶著女學生的樣子。你見到她會很高興的。」

「我想見見她。」我緩緩地說。但這樣說的時候，心裡並不確定自己說的是不是真的。我想見她嗎？說真的，會不會只是痛苦而已？她想見我嗎？也許不想。如果我可以知道她的感覺就好了……

「沒有私生的小鬼，你聽了會很高興。」蓋布利爾開心地說。

我看著他。他溫和地說：「你很恨我，對不對，諾瑞斯？」

「我想我有足夠的理由恨你。」

「我不這麼認為。你在聖盧從我這裡得到很多娛樂。噢，是的，你確實如此。你對我的所作所為感興趣，這可能讓你沒有去自殺，如果我是你，一定會自殺。只因為你狂熱地為伊莎貝拉著迷就恨我，這實在沒什麼意義。喔，沒錯，你為她瘋狂。你那時如此，現在還是如此。這就是為什麼你假裝親切地坐在這裡，其實對我厭惡至極。」

「伊莎貝拉和我是朋友。」我說，「我猜你沒有能力理解這種事情。」

「我不是說你和她調情，老兄。我知道你不大擅長那種事。心靈相通，精神提升。嗯，見見老朋友對她是好的。」

「我不知道。」我緩緩地說，「你真的認為她會想見我嗎？」

他的臉色一變，生氣地皺起眉頭。「為什麼不會？她為什麼會不想見你？」

「我是在問你。」我說。

他說：「我想讓她見見你。」

這句話把我惹毛了。我說：「這樣吧，我們照她的意願決定。」

他忽然又露出微笑。「她當然會想見到你啊，老兄。我剛剛只是在和你開玩笑。我給你住址，你隨時可以去找她，她通常都在。」

「你現在在做什麼？」我問。

他眨眨眼，閉上一隻眼睛，然後將頭歪向一邊。

「情報工作，老兄。噓……要保密的。不過待遇不好，如果我現在是國會議員，一年會有一千英鎊呢。（就跟你說，如果工黨當選，議員的薪水會變多吧。）我常提醒伊莎貝拉，我為了她放棄了多少東西。」

我真厭惡這個奚落別人的粗俗傢伙。我想要……嗯，我想做很多對我來說根本不可能做到的事，但我卻只收下他塞給我的一張骯髒小紙條，上面潦草地寫著地址。

那個晚上，我花了很久的時間才入睡，對伊莎貝拉的憂慮始終揮之不去。我在想，不知道她是否可能離開蓋布利爾。顯然這一切變得很糟糕。

至於有多糟，我到了隔天才知道。我找到蓋布利爾寫的那個地方，那是一間位於一條偏僻陋街、看起來十分破舊的房子，那裡也是鎮上環境不好的一區，這是街上鬼鬼祟祟的男人和濃妝豔抹的女人告訴我的。我找到那間房子，然後用德文詢問站在門口一個非常邋遢的女人：那位英國女士住哪裡。

很幸運地她聽得懂德文，然後指示我去頂樓。我艱難地爬上樓，拐杖一直打滑。那間房子非常骯髒，有臭味。我的心沉到谷底，我那美麗又氣宇不凡的伊莎貝拉竟淪落至此。不過，這同時也更堅定了我的決心。

我要帶她脫離這一切，帶她回去英國……

我氣喘吁吁地到了頂樓，然後敲了門。

裡面傳出說捷克語的聲音。我認得那個聲音，是伊莎貝拉。於是我打開門走進去。

我想，我沒辦法說明那個屋子給我的印象。

首先，那裡很糟糕。壞了的家具、俗氣的吊飾，還有一張看起來不舒服、感覺很淫亂的黃銅床架。這個地方同時又乾淨又骯髒。我的意思是，牆上有一條條汙痕，天花板黑黑的，而且隱約有一點令人不適的蟲臭味。不過表面上沒有汙垢。床鋪得好好的，菸灰缸也清空了，沒有垃圾和灰塵。

但無論如何，那是個汙穢的地方。在屋子中央，雙腿蜷縮著坐在那裡刺繡的就是伊莎貝拉。她看起來和離開聖盧時一模一樣。她的衣服其實很破爛，不過有經過剪裁且符合潮流，雖然破舊，穿在她身上卻很自在又出色。她的頭髮仍是一頭非常有光澤的及肩長髮。她的臉很美、平靜而端莊。我覺得她和那個屋子沒有任何關係。她身在其中，就如同她有可能身在沙漠裡，或是在船的甲板上一樣。這裡不是她的家，只是一個當下她正好在的地方。

她凝視了我一會兒，然後跳了起來，一副又驚又喜的樣子，伸出雙手朝我走來。我發現蓋布利爾並未告訴她我在薩格拉德的事，我想知道他為什麼不說。

她的雙手深情地握住我的手。她抬起頭親了我。

「修，真好。」

她沒有問我怎麼會在薩格拉德。她最後一次看到我的時候，我仍在躺椅上動彈不得，而她卻沒有對我現在可以走路這件事表示意見。她只關心她的朋友來了，而且她很高興看到我。她真的是我的伊莎貝拉。

她幫我找了一張椅子，並拉到她的坐椅旁邊。

「唔，伊莎貝拉，」我說，「你在做什麼？」

她的回答很有她的特色。她立刻給我看她的刺繡。

「我三個星期前開始做的。你喜歡嗎？」

我接過那件作品，它是塊正方形的老舊絲綢，顏色是細緻的鴿灰色，稍微有點褪色，摸起來非常柔軟。伊莎貝拉在上面繡了深紅色的玫瑰、桂竹香和淡紫色花叢的圖案。非常美麗的作品，十分精緻，做工精美。

「很好看，伊莎貝拉，」我說，「非常好看。」

我和從前一樣，感覺到圍繞著伊莎貝拉的那種奇妙的童話故事特質，有個受困的少女正在怪物的塔樓裡刺繡。

「很美，」我說，把刺繡還給她。「但這個地方糟透了。」

她很隨意地看了看周遭，幾乎有點驚訝地瞥了一眼。

「對，」她說，「我想你說得對。」

就這樣，沒別的了。我想不透……伊莎貝拉總是讓我困惑不已。我明白周圍的環境對伊莎貝拉來說不大重要，她沒有在想這件事，周圍的東西對她的意義，差不多就和火車的裝潢與擺飾對一個有重要旅程的人的意義一樣。這個地方只是碰巧是她此刻的所在之處。如果有人問時，她會同意這不是個好地方，不過她對這個事實沒什麼興趣。

她對刺繡有興趣得多了。

我說：「我昨晚遇到約翰．蓋布利爾。」

「真的嗎？在哪裡？他沒有告訴我。」

我說：「所以我才有你的住址。他請我來看看你。」

「我真高興你來了。喔，我好高興！」

真讓人興奮啊！我的出現帶給她的喜悅如此強烈。

「伊莎貝拉，親愛的伊莎貝拉，」我說，「你還好嗎？你快樂嗎？」

她看著我，好像不大確定我的意思。

「這一切，」我說，「和你一直以來的習慣如此不同。你想不想放下這一切……跟我回去？去倫敦，如果不回聖盧的話。」

她搖搖頭。「約翰在這裡有事做。我不知道究竟是什麼事……」

「我想要問你的是，你和他在一起快樂嗎？我認為你不會……如果你犯了可怕的錯誤，伊莎貝拉，別為了尊嚴而不願承認。離開他吧。」

她低頭看著她的作品。很奇怪，一抹微笑在她的唇邊盤旋。

「喔，不，我不能那麼做。」

「你這麼愛他嗎，伊莎貝拉？你……你和他在一起真的快樂嗎？我會這麼問是因為我非常在乎你啊。」

她嚴肅地說：「你說的快樂……是說像我在聖盧的那種快樂嗎？」

「對。」

「沒有，我當然沒有……」

「那就拋下這一切，跟我回去，然後重新開始。」

她又一次露出古怪的笑容。「噢，不，我不能那麼做。」

「畢竟，」我說，有些不好意思，「你沒有嫁給他。」

「沒有，我沒有結婚……」

「你不覺得……」我感到有點不自在、有些尷尬，很明顯這些都是伊莎貝拉所沒有的感覺。不過，我還是得了解這兩個奇怪的人之間的狀況。「你們為什麼沒結婚？」我厚著臉皮問。

她並沒有生氣。我反而覺得這個問題對她來說是第一次出現。為什麼她和蓋布利爾沒有結婚？她靜靜坐著、思考著，捫心自問為什麼。

然後她帶著懷疑，有點困惑地說：「我認為約翰……不想娶我。」

我試著不讓怒氣爆發。「他當然想啊，」我說，「沒有理由讓你們不結婚吧？」

「沒有。」她的口氣有點懷疑。

接著又緩緩地搖搖頭。「不對，」她說，「完全不像那樣。」

「什麼不像那樣？」

她慢慢吐出一字一句，腦海裡一邊回溯著過去的事。

「我離開聖盧的時候……不是不嫁給魯帕特而要與約翰結婚。他想要我和他一起走，於是我就跟他離開了。他沒說過要結婚，我不認為他想過這件事。這一切……」她稍微動了動雙手。

我猜想「這一切」指的不是實際的屋子、骯髒的環境，而是他們共同生活中稍縱即逝的特質。「這不是婚姻。婚姻是完全不一樣的東西。」

「你和魯帕特……」我開口。

她打斷我，顯然因為我了解她的意思而鬆了一口氣。「對，」她說，「那就會是婚姻。」

我很好奇，那麼她認為她和蓋布利爾的生活是什麼？我不想直截了當地問。

「伊莎貝拉，告訴我，」我說，「你對婚姻的理解究竟是什麼？婚姻對你有何意義？除了純粹法定的意義之外。」

這讓她很仔細地想了想。

「我想那代表成為某個人生命的一部分……融入、各就各位……而那就是你名正言順的位置，你歸屬的地方。」

我了解到，婚姻對伊莎貝拉而言有種結構上的意義。

「你的意思是，」我說，「你無法分享蓋布利爾的人生？」

「沒辦法。我不知道要怎麼做。要是我知道就好了。你知道……」她將修長的雙手向前一攤。「我對他一無所知。」

我很感興趣地盯著她。我認為她的直覺非常正確，她一點都不了解蓋布利爾，從來就不了解他，不管和他在一起有多久。然而我也看得出來，這件事可能不影響她對他的感情。

而他，我突然想到，也是如此。他像個買了（應該說是掠奪）一件昂貴又精緻工藝品的人，卻對這個精巧結構背後的科學原理完全沒有概念。

我慢慢地說：「只要你沒有不快樂就好。」

她回看著我，眼神空洞，視而不見。她要不是故意隱藏答案，就是她自己也不知道答案。我認為是後者。她正在經歷一段深刻而強烈的經驗，而她沒辦法為我清楚定義出那是什麼。

我溫和地說：「你要我替你問候在聖盧那些你所摯愛的人嗎？」

她非常平靜地坐著，淚水湧出，然後流了下來。

那不是憂傷的淚水，而是思念的眼淚。

「伊莎貝拉，如果能讓時間倒轉，」我說，「如果你可以重新選擇一切，你還會再做同樣的決定嗎？」

也許我很殘忍，但我必須知道、必須確認。

可是，她不理解地看著我。「一個人真的有選擇嗎？對於任何事？」

嗯，這見仁見智。或許，對於像無法體會到還有其他選項的伊莎貝拉這種毫不妥協的現實主義者來說，人生比較簡單一點。不過我現在相信，做選擇的時刻將要來臨，而伊莎貝拉會明確地做出抉擇，而且完全知道走這條路就是個選擇，並且優於其他選項。不過時候未到。

就在我站著注視伊莎貝拉的時候，我聽見跌跌撞撞上樓的腳步聲。蓋布利爾大力推開門，搖搖晃晃地走進來，樣子實在很難看。

「哈囉，」他說，「這裡還好找嗎？」

「很好找。」我簡短地說。

打死我我也沒辦法再說下去。我走到門口。

「抱歉，」我咕噥著說，「我得走了……」

他稍微站開讓我通過。

「嗯，」他臉上出現一種我不理解的表情，「不要說我沒給你機會……」

我不大明白他是什麼意思。

他繼續說：「明天晚上和我們一起到葛利斯餐廳吃飯吧，我要辦個派對。伊莎貝拉會希望你過來，對不對，伊莎貝拉？」

我回頭看她。她莊重地對我微笑。

「對，你一定要來。」她說。

她的臉非常平靜而且鎮定。她正在撫平並整理手上的絲綢。

我在蓋布利爾的臉上看到一種我無法解釋的表情，可能是走投無路。

我快步走下那恐怖的樓梯——以一個瘸子能夠行走的快步。我想到外面陽光下，離開蓋布利爾和伊莎貝拉這奇怪的組合。蓋布利爾變了……變得更糟了。伊莎貝拉則一點也沒變。

在我困惑的腦海裡，我感覺到這其中必然有什麼意義——如果我找得到的話。

第二十五章

有些恐怖的記憶你可能永遠也無法磨滅，在葛利斯餐廳那個惡夢般的晚上就是其中一個例子。我相信，舉辦這個派對完全是為了滿足蓋布利爾對我的敵意。在我眼裡，那是個聲名狼藉的派對，蓋布利爾介紹他在薩格拉德的朋友和夥伴給我認識，而且伊莎貝拉就在其中。那些男男女女應該是她最好永遠不要見到的人，裡面有醉漢、性變態者、裝扮俗麗的蕩婦以及生了病的吸毒者，一切都很卑鄙、下流，而且墮落。

他們完全無法靠藝術天分獲得救贖，即使這種情形很容易出現。這裡沒有作家、音樂家、詩人或畫家，甚至連個妙語如珠的人都沒有。他們是大都會世界裡的殘渣，他們是蓋布利爾挑選的，彷彿是故意要展現出他有多下流。

我因為伊莎貝拉而氣急敗壞，他竟然敢把她帶進這樣一群人裡？

我看著她，接著我的憤恨消退了。她沒有試圖迴避，沒有厭惡的表情，更沒有表現出任何企圖掩飾困境的焦慮。她靜靜坐著，面帶微笑，同樣是像衛城石雕女子那樣的笑容。她端莊有禮，不受這群人的影響。我看到他們對她起不了作用，一如她所住的汙穢寓所無法影響她一樣。我想起很久以前問她是否對政治有興趣時她所給的答覆，那時候她神情茫然地說：「那是我們會做的事情之一。」今晚，我猜測也將是同樣的類型。倘若我問她對這個派對的感覺，她會用同樣的語氣說：「這是我們會辦的那種派對。」她一點也不氣惱地接受了，而且沒有什麼特別的興趣，這就是蓋布利爾選擇要做的事情之一。

我看著在桌子對面的她，她微笑以對。我為她感到的痛苦與憂慮根本沒有必要。一朵花在一坨糞堆上依然可以像在其他地方一樣綻放，也許還開得更美，因為你注意到它是一朵花……

我們一起離開餐廳時，幾乎所有人都喝醉了。

就在我們要穿過街道時，一輛大車無聲無響地從黑暗中開了過來，差點就撞上伊莎貝拉，但她及時跳上人行道。車子呼嘯而過時，我看到她慘白的臉以及眼中明顯的恐懼。

在這種時候，她還是會顯露出她的脆弱。人生中的各種變化都無力影響她，她可以勇敢面對人生，卻無法面對死亡，或者死亡的威脅。即便現在危險已經過去，她仍舊臉色慘白顫抖著。

蓋布利爾大叫：「天啊，差點就撞到了。伊莎貝拉，你還好嗎？」

她說：「喔，我很好！我沒事。」

但她的聲音裡依然帶著恐懼。她看著我說：「你看，我還是一個懦弱的人。」

沒什麼好說的了。在葛利斯餐廳的那晚，是我最後一次見到伊莎貝拉。

悲劇一如往常般在無預警的情況下降臨。

正當我在想是否再去探望伊莎貝拉、或是寫信、或是直接離開薩格拉德不去找她的時候，蓋布利爾跑來見我。

我不能說我注意到他外表上有任何不尋常之處，或許是一種緊張的興奮，也可能是緊繃的狀態，我不知道……

他很平靜地說：「伊莎貝拉死了。」

我盯著他。起初我無法理解，我覺得這不可能是真的。

他看出我不相信他所說的。

「噢，是的，」他說，「是真的。她中了槍。」

我終於能開口說話了，一陣災害降臨、徹底失去一切的冰冷感覺在我身上散開。

「中了槍？」我說，「中了槍？她怎麼會中槍？怎麼發生的？」

他告訴了我。他們當時一起坐在我之前遇到他的那間酒吧。

他問我：「你看過斯托藍諾夫的照片嗎？你覺得他有沒有什麼地方和我很相似？」

斯托藍諾夫是當時斯洛伐克的獨裁者。我仔細看看蓋布利爾，發現他們倆的臉長得非常相像，當他的頭髮凌亂地散在前額而蓋住臉時，相似度又更高了，而他經常是這副模樣。

「發生了什麼事？」我問。

「一個該死的笨蛋學生以為我是斯托藍諾夫，他身上有把左輪手槍。他快速穿過酒吧，一邊大叫：『斯托藍諾夫！斯托藍諾夫！我終於逮到你了。』我沒時間採取任何行動。他開了槍，沒有打中我，但打中了伊莎貝拉……」

他停了下來。接著又說：「一槍斃命。子彈穿過她的心臟。」

「天啊，」我說，「而你卻什麼也沒做？」

他竟然什麼都沒做，這對我來說很不可思議。

他臉紅了。

「沒有，」他說，「我沒辦法做任何事……我在桌子後方背對著牆，沒有時間可以採取任何行動……」

我沉默不語，依然感到驚愕……我僵住了。

蓋布利爾坐在那裡看著我，仍然沒有表現出任何情緒。

「這就是你帶給她的。」我最後說。

他聳聳肩。「對，如果你要這樣說的話。」

「因為你，她才會在那間汙穢的屋子、在這個汙穢的鎮上。要不是你，她會……」

我停了下來。他替我說完那句話。

「她會成為聖盧夫人，住在海邊的城堡裡，和表裡不一的丈夫住在華而不實的城堡，腿上也許還坐了一個不切實際的小孩。」

他口氣中的冷嘲熱諷令我抓狂。

「老天，蓋布利爾，」我說，「我想我應該永遠不會原諒你！」

「有意思！諾瑞斯，不管你是不是原諒我。」

「你到底來這裡做什麼？」我憤怒地問，「為什麼來找我？你想要幹什麼？」

他平靜地說：「我希望你把她帶回聖盧……我想你做得到。她應該葬在那裡，而不是在這個不屬於她的地方。」

「沒錯，」我說，「她不屬於這裡。」我看著他。在痛苦之際，我開始感覺到一股好奇。

「你為什麼把她帶走？這一切背後的想法是什麼？你這麼想要她嗎？足以拋下你的事業、所有你這麼重視的東西？」

他又聳了聳肩。

我憤怒地大吼：「我不懂！」

「不懂？你當然不懂。」他的聲音嚇了我一跳，沙啞而刺耳。「你永遠不會明白任何事情。你知道什麼叫折磨嗎？」

「我很清楚。」我說，感覺深深被刺痛了。

「不，你不懂。你不知道什麼是折磨，真正的折磨。你不了解，我從來不知道（一點也不知道）她在想什麼……我從來沒辦法和她談話，我告訴你，為了擊垮她，我什麼都做過了，所有一切。我讓她身陷泥淖，到那些龍蛇雜處的地方，但我認為她連我在做什麼都不知道！『玷汙不了她，也嚇不跑。』伊莎貝拉就是那樣。很可怕，我告訴你，很可怕。爭吵、淚水、反抗，才是我一直以來所想像的。我是贏家，可是我沒有贏；遇到一個連正在作戰都不知道的人，你就是沒辦法贏。而且我無法和她談話，我從來沒能和她談談。我喝到麻痺、嗑藥、找女人……對她都起不了作用。她就是縮著雙腿坐在那裡繡花，有時還會哼起歌來……她可能還活在她海邊的城堡、還在那該死的童話故事裡，她把那個故事帶到這裡了……」

他不知不覺變成使用了現在式[57]。但他突然停了下來，跌坐到一張椅子上。

「你不懂，」他說，「你怎麼會懂呢？嗯，我被打敗了。我得到她的身體，卻從來不曾擁有過她其他任何東西。現在她的身體也逃離我了……」他站了起來。「把她帶回聖盧去。」

「我會的。」我說，「蓋布利爾，願神寬恕你對她的所作所為！」

他轉向我。

「我對她做了什麼？那她對我做的呢？諾瑞斯，你這個自以為是的傢伙有沒有想過，從我第一次見到這女孩時就飽受折磨？我沒辦法跟你解釋，光是見到她就對我起了什麼樣的作用，我到現在還是不明白，就好像把辣椒粉抹在傷口上。我人生中想要和在意的一切，似乎都結合在她身上。我知道我粗俗、卑鄙、肉慾，但在遇到她之前，我都不以為意。

「她傷了我，諾瑞斯。你懂嗎？從來沒有任何事物像她那樣傷害過我。我得毀了她，把她拖到我的高度。你不懂嗎？不，你不懂！你什麼都不懂。你不會了解。你蜷在那個窗邊座位上，彷彿人生是一本書，而你是讀者！我身在地獄，我告訴你，『在地獄』。

「一次，只有一次，我以為我有脫身的機會，一個可以逃離的漏洞，就是在那個可愛又愚蠢的小女人逃到國王旅店、妨礙了選戰的時候。那代表選舉輸了，而我也敗了。蜜莉．勃特在我手上。她那個粗暴的丈夫會和她離婚，我會做我該做的，把她娶回家，如此一來我就安全了，不用像這樣著了魔似的飽受這可怕的折磨……

「然後她，伊莎貝拉，插手了這件事。她不知道她對我做了什麼。我得繼續下去！沒得逃了。我一直希望可以撐過去，甚至還買了結婚禮物給她。

「唉，可是沒用。我沒辦法堅持下去。我必須擁有她……」

「而現在，」我說，「她死了……」

這次，他把最後一句話讓給了我。

他很輕柔地複述著我的話：「而現在，她死了……」

他轉過身，走出房間。

57 原文中從「對她都起不了作用」開始變成用現在式。

第二十六章

那是我最後一次看到約翰・蓋布利爾。我們憤怒地在薩格拉德分道揚鑣之後，就再也沒有見過面。

我費了些工夫，安排好將伊莎貝拉的遺體帶回英格蘭。

她被葬在聖盧海邊的一個小墓園。葬禮之後，我和三位老太太回到她們那棟維多利亞式的小房子，她們感謝我把伊莎貝拉帶回來……

過去的兩年裡，她們蒼老許多。聖盧夫人愈來愈像老鷹了，皮膚薄到都看得見骨頭了。她看起來好虛弱，以至於我以為她隨時可能離開人世，不過事實上，她後來又活了很多年。崔西莉安夫人更胖了，而且氣喘得很厲害。她輕聲告訴我，她非常喜歡魯帕特的妻子。

「非常實際的女孩，又很聰明。我確定他們很快樂。當然不是像我們曾經夢想的那樣……」

她熱淚盈眶，喃喃地說：「喔，為什麼？為什麼一定要發生這種事？」

那是我腦海中反覆出現、不曾間斷的回音。

「那個邪惡、邪惡的男人……」她繼續說。

三位老太太和我一起為去世的女孩傷心，並憎恨著約翰．蓋布利爾。查特利斯太太的皮膚看來比以前更粗糙了。我最後和她們道別時，她問我：「你還記得勃特太太嗎？」

「當然記得。她怎麼了？」

查特利斯太太搖搖頭。「我覺得很難過，她恐怕會把自己搞得很難看。你知道勃特後來怎麼樣了嗎？」

「我不知道。」

「他有天喝醉酒摔到水溝裡，頭撞到石頭就死了。」

「所以她現在是寡婦？」

「對。我聽我住索塞克斯的朋友說，她和附近一個農夫走得很近，打算嫁給他。那個男的名聲不好，會喝酒，也有點粗暴。」

我心想，所以蜜莉會重蹈覆轍……

有任何人從第二次的機會中獲益嗎？

隔天，我在前往倫敦的路上又想了更多。我在彭贊斯上了車，買了第一梯次用餐的午餐券。就在我坐著等候湯品時，我想了想珍妮佛的事。

我有時會從卡洛．史特蘭居薇那裡聽到她的消息。卡洛告訴我，珍妮佛非常不快樂，她讓自己的生活複雜到不可思議的地步，不過她非常勇敢，卡洛說，讓人忍不住要佩服她。

我想著珍妮佛，自己微微一笑。珍妮佛很可愛，但我沒有要見她的衝動，對於和她再見面不怎麼感興趣。

人並不喜歡常常聽同一張唱片……

於是，我終於回到泰瑞莎在倫敦的家，泰瑞莎讓我好好說一說……

她聽我痛罵約翰・蓋布利爾。我向她描述了在薩格拉德發生的事情，以伊莎貝拉在聖盧的墳墓作為結尾。

然後我沉默了片刻，彷彿聽到大西洋的海浪打在岩石上的聲音，並看到聖盧城堡在天空襯托下的輪廓……

「我猜我應該感覺到自己已經平靜地將她留在那裡，但是我沒有，泰瑞莎。我心裡充滿抗拒。她太早死了，她曾經對我說過，希望可以活到非常老；她原本可以活到很老的。她非常堅強。我想這就是為什麼我無法忍受，因為她的生命中斷了……」

泰瑞莎在一個彩繪的大屏風前稍稍移動了一下。她說：「你是用時間計算。可是時間不代表任何事情。五分鐘和一千年同樣重要。」她輕柔地唸了一句詩：「玫瑰盛開和紫杉蓊鬱的片刻，同樣短長……」

（一朵深紅色玫瑰繡在褪了色的灰色絲綢上……）

泰瑞莎繼續說：「修，你會堅持設計你自己的人生，並試圖把其他人也放進去。可是他們也有自己的計畫；每個人都有自己的構思。這就是人生為什麼這麼混亂的緣故，因為這些計畫是編織出來、繡上去的。

「只有一些人天生就看得很清楚、知道自己的計畫，我想伊莎貝拉就是其中之一……她很難理解（對我們而言），不是因為她很複雜，而是因為她很單純，單純得嚇人。她只認定最必要的東西。

「你堅持要將伊莎貝拉的人生看成是中斷的，遭到扭曲而變形、夭折的……不過我強烈感覺到，她的人生本身是圓滿的……」

「如果你要這麼說的話。」她溫柔地說，「修，你很幸運。」

「玫瑰飄香的時節？」

「幸運？」我盯著她。

「對，因為你愛她。」

「我想我確實愛她。但我無法替她做任何事……甚至沒有試著阻止她和蓋布利爾離開……」

「你沒有，」泰瑞莎說，「因為你真的愛她。你對她的愛足以讓你不去打擾她。」

我幾乎有些不情願地接受泰瑞莎對愛的定義。或許，同情一向是我的致命傷，我總是放縱自己如此；過去我就是靠著別人、靠著淺薄簡單的同情來過日子，並溫暖我的心。

然而至少在面對伊莎貝拉時，我收斂起這種憐憫。我從來沒有試圖要為她服務、幫她把事情弄得簡單一點，或替她擔起任何責任。在她短暫的生命裡，她完完全全是她自己。憐憫是一種她不需要、也不會理解的情感，就像泰瑞莎說的，我對她的愛足以讓我不去打擾她……

「親愛的修，」泰瑞莎溫和地說，「你當然愛她，你也因為愛她而一直非常快樂。」

「對，」我說，自己有點驚訝。「對，我一直非常快樂。」

接著我怒火中燒。

「但是，」我說，「我還是希望蓋布利爾這輩子會受到下地獄般的折磨，直到他去另一個世界都不會停止！」

「我不知道另一個世界的情況，」泰瑞莎說，「但是就這輩子來說，你的心願已經達成了。」

約翰．蓋布利爾是我所知道最不快樂的人……」

「我猜你為他感到遺憾，不過我可以告訴你……」

泰瑞莎打斷我的話，她說她不是為他感到遺憾，不只如此。

「我不知道你是什麼意思。如果你曾在薩格拉德見過他……他只會談他自己，連伊莎貝拉死了都無動於衷。」

「你不知道。我想你根本沒有好好看過他，你從來沒有好好看過人們。」

她這麼說的時候，我突然驚覺我從來沒有真正好好看過泰瑞莎。我在故事裡甚至從沒描述過她。

我看著她，有種像是第一次看見她的感覺……看到她高高的顴骨，以及盤起的一頭黑髮，看起來似乎需要用到頭紗和多齒髮梳。看著她氣度不凡的樣子，與她卡斯提爾的曾祖母一樣。

看著她的那個片刻，我彷彿看到泰瑞莎少女時期實際的模樣，熱情洋溢又渴切，大膽地邁向人生。

我一點也不知道她在那裡找到了什麼……

「你為什麼一直盯著我看，修？」

我緩緩地說：「我在想，我從來沒有好好看過你。」

「是沒有，我想你不曾這麼做。」她淡淡一笑。「嗯，那你看到了什麼？」

她的笑容有點諷刺，口氣裡帶著笑聲，而眼神中有種我無法理解的東西。

「泰瑞莎，你總是對我非常好，」我慢慢地說，「但我不大了解你……」

「你是不了解，修，你一點都不了解。」

她突然站起身，把窗簾拉上，因為陽光太強了。

「至於蓋布利爾……」我開口說。

泰瑞莎語氣深沉地說：「把他交給神吧，修。」

「你說這話很奇怪，泰瑞莎。」

「不會，我認為這麼說是對的，我一直這麼認為。」

她又說：「或許有一天你會明白我的意思。」

終章

嗯，這就是我要說的故事。

關於一個我最初在康瓦爾郡的聖盧認識的男人，以及最後一次在薩格拉德一個旅館房間見到他的故事。

現在這個男人在巴黎一間屋子後方的臥房裡，瀕臨死亡邊緣。

「聽著，諾瑞斯，」他的聲音虛弱卻很清晰，「你得知道在薩格拉德究竟發生了什麼事。我那時候沒告訴你。我想當時我並沒有意識到這件事的意義……」

他停頓了一下，喘了口氣。

「你知道她……伊莎貝拉……很害怕死亡嗎？這世界還有其他東西比那個更讓她害怕嗎？」

我點頭。是的，我知道。我記得她在聖盧的露台上看到那隻已經死亡的鳥時，眼裡透著那種無法控制的驚慌；我也記得她在薩格拉德要躲開車子時是怎麼嚇得跳了起來，還有她那張慘白的臉。

「那麼你聽好。聽好，諾瑞斯，那個學生帶著左輪手槍來找我，他距離我們只有幾英尺遠，他不可能打不中的，而我卡在桌子後面，動彈不得。

「伊莎貝拉一眼就看出接下來會發生的事。就在他扣下扳機的同時，她撲過來擋在我前面……」蓋布利爾提高音量。「你懂嗎，諾瑞斯？她知道自己在做什麼。她知道那代表死亡，她會死。她選擇了死亡，為了救我。」

他的口氣裡浮現一絲暖意。

「我之前都不了解，直到那個時候。甚至在那個時候，我都還沒明白這件事的意義，直到後來回想時才明白。你知道，我從來都不知道她是愛我的……我以為（我一直這麼認為），我是靠感官才留住她的……

「但伊莎貝拉是愛我的。她愛我愛到願意為我犧牲生命，即使她那麼畏懼死亡……」

我回頭想像：我在薩格拉德的酒吧裡，看到那個狂熱、歇斯底里的年輕學生，看到伊莎貝拉立刻警覺到並理解狀況，還有她短暫的驚慌與恐懼……然後是她迅速的決定。我看到她撲上前，用身體保護蓋布利爾……

「所以就是這樣結束的……」我說。

然而蓋布利爾撐著枕頭坐了起來。他的眼睛，那雙總是美麗的雙眼睜得好大，聲音既響亮又清楚，那是獲勝的聲音。

「噢，不對，」他說，「你錯了！那不是結束，『那是個開始』……」

特別收錄

瑪麗・魏斯麥珂特的祕密

露莎琳・希克斯（Rosalind Hicks, 1919-2004）

早在一九三〇年，家母便以「瑪麗・魏斯麥珂特」（Mary Westmacott）之名發表了第一本小說，這六部作品（編註：中文版合稱為【心之罪】系列），與「謀殺天后」阿嘉莎・克莉絲蒂的風格截然不同。

「瑪麗・魏斯麥珂特」是個別出心裁的筆名，「瑪麗」是阿嘉莎的第二個名字，魏斯麥珂特則是某位遠親的名字。母親成功隱匿「瑪麗・魏斯麥珂特」的真實身分達十五年，小說口碑不錯，令她頗為開心。

《撒旦的情歌》於一九三〇年出版，是【心之罪】系列原著小說中最早出版的，寫的是男主角弗農・戴爾的童年、家庭、兩名所愛的女子和他對音樂的執著。家母對

國家圖書館出版品預行編目資料

玫瑰與紫杉／阿嘉莎 · 克莉絲蒂（Agatha Christie）
著；陳侑均譯 . -- 初版 . -- 臺北市：遠流 , 2013.02
面；　公分 . --（心之罪）
譯自：The rose and the yew tree

ISBN 978-957-32-7126-0(（平裝）

873.57　　　101025362

心之罪 ⑥

玫瑰與紫杉

作者 / 阿嘉莎 · 克莉絲蒂　譯者 / 陳佾均

副主編 / 陳懿文　編輯 / 余素維　特約編輯 / 賴惠鳳
封面、內頁設計 / 邱銳致　企劃經理 / 金多誠
出版一部總編輯暨總監 / 王明雪

發行人 / 王榮文
出版發行 / 遠流出版事業股份有限公司　地址 / 台北市南昌路2段81號6樓
電話：(02)2392-6899　傳眞：(02)2392-6658　郵撥：0189456-1
著作權顧問 / 蕭雄淋律師　法律顧問 / 董安丹律師
2013年2月1日初版一刷

行政院新聞局局版台業字第1295號
定價 / 新台幣280元（如有缺頁或破損，請寄回更換）

ISBN 978-957-32-7126-0

ylib 遠流博識網 http://www.ylib.com　E-mail: ylib@ylib.com
遠流謀殺天后 AC 粉絲團 http://www.facebook.com/ylib.AC2010